Observations

Présentées à M. le Maire

de P....

39

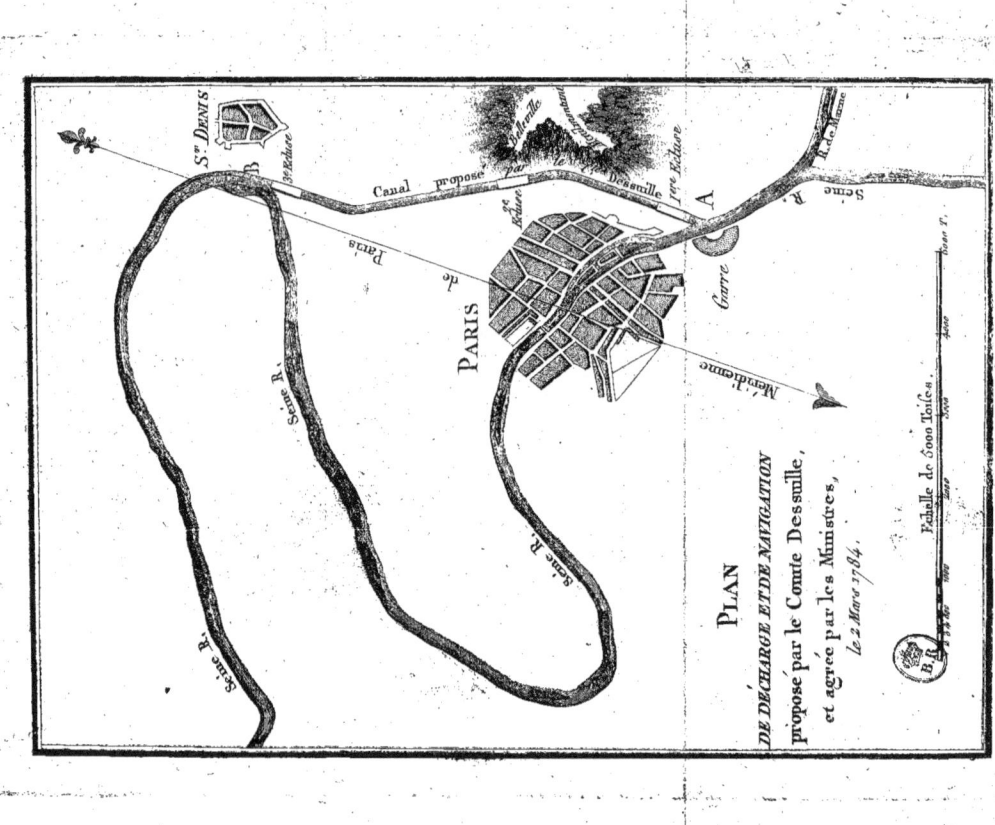

PLAN
DE DECHARGE ET DE NAVIGATION
proposé par le Comte Dessuille,
et agréée par les Ministres,
Le 2 Mars 1784.

Echelle de 5000 Toises.

OBSERVATIONS

PRÉSENTÉES A M. LE MAIRE

DE PARIS,

AU NOM DU COMTE DÉSSUILE,

CITOYEN DE CETTE VILLE;

Sur l'adoption faite le 3o janvier dernier, par l'Assemblée générale du District de St. Gervais, des divers projets de canaux du Sr. Brulé.

A METZ,

DE L'IMPRIMERIE DE C. LAMORT.

M. DCC. XC.

A MONSIEUR

LE MAIRE DE PARIS.

MONSIEUR,

LE 30 janvier dernier, l'assemblée générale du district de Saint Gervais a approuvé et accepté sans réserves, le projet de plusieurs canaux en diverses provinces, présenté par le Sr. Brulé, et a invité les cinquante-neuf autres districts à l'accepter ainsi.

Une telle invitation intéressant la commune entiere, même les provinces voisines, c'est à vous, Monsieur, chef de la municipalité de Paris, à vous, uniquement occupé de tout ce qui peut être avantageux à cette ville, que je dois présenter mes observations sur l'arrêté du district de Saint Gervais.

A 2

Ses représentans, entraînés par le plus louable et le plus saint de tous les motifs, par l'espoir de faire incessamment, et pendant quatre ans au moins*, subsister trente mille ouvriers, même des femmes et enfans, ont adopté purement et simplement ce projet dans sa totalité. L'ardeur de leur zele pour le bonheur public, de leur commisération pour ceux qui manquent de travail, leur a-t-elle laissé le temps de l'examiner avec une attention suffisante? Ont-ils pu l'admettre sans aucune réserve concernant les cinquante-neuf autres districts, même pour les provinces voisines auxquelles il est commun?

Ont-ils bien connu la véritable situation de Paris, avant d'adopter une opération immense, qui décidera à perpétuité du sort physique d'une grande partie de cette ville, et aussi de ses subsistances, de son commerce, du bien-être de tous ses habitans?

La rivière de Seine cesse d'être naviga-

* Voy. pieces justifi. district de St. Gervais, N°. 17, pag. 1 et 14.

ble de Paris à St. Denis ; la raison est facile à concevoir : elle perd sa rapidité à
mesure que son lit s'éleve, et peut d'autant moins entraîner au loin les immondices qu'on y jette continuellement. Elle
les dépose à son extrémité vers Seve ; et,
dans dix ans, aucuns bateaux ne pourront
y passer.

Le rehaussement de la cale de son lit en
diminue la capacité ; et les inondations
deviendront annuellement plus fréquentes et plus fortes. Voilà le seul objet dont
on doit s'occuper, puisqu'il est possible
d'y apporter remede.

Le Sr. Brulé construiroit cent canaux
de Paris à St. Denis ou à Conflans, qu'il
ne débarrasseroit pas la ville de Paris d'une
pinte d'eau ou d'un glaçon, s'il persistoit
à leur faire gravir ou descendre la sommité des fauxbourgs Saint Laurent et St.
Martin.

Qu'offre-t-il pour la dédommager d'un
avantage si précieux pour elle? une navigation qui, dans un espace de deux lieues,
aura à franchir, par des écluses, une
montagne de plus de soixante pieds de

haut*, et qui, jour et nuit, doit être en mouvement.

Le canal que j'ai proposé, Monsieur, long-temps avant qu'il se fût fait connoître, préservera la ville des inondations et des débacles ; il lui offrira une navigation facile sur une pente naturelle.

J'ai, Monsieur, l'honneur d'être connu de vous ; j'ose croire que vous n'attribuez point à des vues d'intérêt personnel la démarche que je fais. Non, l'avantage public de mes concitoyens est mon unique objet. En conséquence je déclare,

1°. Que je suis prêt à me charger de l'exécution de mon canal, et à présenter une compagnie solvable, si la commune juge à propos de m'en confier l'exécution, mais que je ne la solliciterai pas ; je n'ai jamais rien sollicité.

2°. Que si la commune préfère le Sr. Brulé, je suis prêt à lui remettre le plan de mon canal, et les divers autres papiers que j'ai sur cet objet, persuadé qu'elle croira

* Lui-même lui a donné soixante-quinze pieds d'élévation. Voy. lettres-patentes, N°.   pag.

juste d'ordonner à cet entrepreneur de m'indemniser de toutes les dépenses que mes opérations m'ont occasionnées.

3º. Mais que je regarderai l'admission du projet de canal de Paris à Conflans, présenté par le Sr. Brulé, comme une calamité nouvelle pour la ville de Paris, et comme un vrai malheur pour sa municipalité, qui s'exposera aux reproches des générations futures, même de la présente.

Ma résistance à cet égard ne contrarie en rien les motifs du district de St. Gervais. Le Sr. Brulé peut aussi facilement exécuter mon projet de Paris à St. Denis, que le sien. A son refus, je serois moi-même bientôt en état de faire travailler.

Forcé, il y a trois ans, par les injustices dont le ministere d'alors m'a accablé, de porter loin de la capitale les débris de ma médiocre fortune, je me proposois de ne jamais sortir de ma retraite ; cependant si la commune croit que ma présence puisse être utile à ses vues, je partirai à l'instant où je recevrai ses ordres.

J'ai l'honneur d'être avec respect,
Monsieur, . Votre, &c.
Signé LE Cte. DÉSSUILE.

OBSERVATIONS

Sur l'arrêté de l'Assemblée générale du District de St. Gervais, en date du 3o janvier, concernant le canal proposé par le Sr. Brulé.

On suivra à cet égard la division établie dans l'écrit intitulé : *District de Saint Gervais* *

1º. *En quoi consistent les plans de M. Brulé?*

Lui-même ne paroît pas certain à cet égard. Dans les lettres-patentes qu'il fit communiquer par le Ministre, au Prévôt des Marchands, le 10 avril 1787, il ne proposoit qu'un canal de navigation de Paris à Conflans-Ste.-Honorine, passant devant St. Denis, et un autre destiné à l'alimenter, avec les eaux de la Beuvronne, prises à Gressy, et venant au haut du fauxbourg St. Laurent à soixante-quinze pieds au-dessus de la Seine, avec treize écluses pour celui ci-dessus de Paris à Conflans.

Actuellement il propose quatre-vingt-

* Voy. Nº. 17 pag. 2.

seize lieues de canaux : celui de **Paris** à Conflans n'aura plus que deux écluses ; la montagne n'a plus que soixante pieds d'élévation, &c.

Son canal devoit avoir alors douze toises de largeur ; il n'entend plus lui donner que celle d'un bateau.

Il fixe, pour longueur à chaque branche de ses canaux, le nombre juste des lieues de poste qui se trouve entre leurs extrémités, selon les grandes routes établies ; mais la nature a-t-elle disposé tout le terrein en conséquence? n'aura-t-il ni vallons ni côteaux à tourner, pour se maintenir sur la ligne de niveau nécessaire?

Le dessein de M. Brulé est de construire une foule de canaux ; mais a-t-il montré aux Commissaires des plans, des nivellemens, des dévis, des bases sur lesquelles puisse poser la confiance de la commune?

Quatre ans lui suffisent, dit-il, pour opérer et conduire à fin une entreprise qui excéderoit les facultés du plus riche Souverain. Nous ne pouvons nous empêcher de dire que qui promet trop, ne promet rien.

2°. *Quelle est la possibilité de l'exécu-*
tion des plans de M. Brulé?

M. Brulé prend l'eau de la Marne pour
alimenter son canal jusqu'à la Villette;
mais la Marne est bien plus basse que les
terres les moins élevées du territoire de
Claye, et il sera obligé de suivre très-long-
temps le cours et les sinuosités de cette riviere, en se dévoyant à mi-côte; ce qui
prolongera excessivement la longueur qu'il
a donnée à cette partie. Il rencontrera à
mi-côte des fonds poreux qu'il faudra faire
glaiser; ce qui augmentera également la
dépense.

Il prétend n'employer dans toute cette
partie que deux écluses, dont une de soixante pieds (nous en parlerons incessamment); mais, lorsque toutes ces eaux seront arrivées dans la Seine près de l'Arsenal, par où les conduira-t-il à Conflans?
par où les bateaux de Paris iront-ils à St.
Denis? Nous voyons une écluse de soixante pieds à la Villette; mais comment ces
mêmes bateaux pourront-ils en profiter?
par où y arriveront-ils?

Une écluse de soixante pieds de hauteur, ne peut être qu'un puits ouvert en quarré long, de la largeur et de la longueur d'un bateau, ayant soixante pieds de profondeur, percé par le bas d'une porte de vingt pieds d'élévation pour le moins. Mais M. Brulé a-t-il calculé le poids qui peseroit contre cette porte, les forces qu'elle devroit avoir pour le supporter, celles, non moins considérables, nécessaires à ses mouvemens ; la lenteur incroyable du remplissage d'une telle cavité, ou de l'écoulement de cette masse, qui contiendra au moins deux cent soixante mille pieds cubes d'eau. L'exécution en petit, d'une telle écluse, peut réussir parfaitement, tandis qu'en grand elle seroit absolument impossible.

M. Brulé donne à son canal une pente double de celle de la Seine. Ce canal sera donc une riviere courante, fournie en entier par la Marne. La colonne d'eau qui y coulera aura pour le moins dans sa section, une surface de trois toises quarrées, dont chacune contiendra 5184 pouces ; en tout   15552 pouces.

Pour qu'il lui suffise de prendre six lignes d'épaisseur d'eau dans la Marne, il faudroit que cette riviere eût une largeur habituelle de 31104 pouces.
Ou de 2592 pieds.
Ou enfin de 432 toises.

Si ce même canal est fermé par une écluse quelconque, l'eau s'y élevera en raison de sa pente, et y débordera.

3°. *Quels peuvent être les avantages du plan de M. Brulé?*

Le titre de son écrit en annonce le plus important pour le moment présent; occuper trente mille ouvriers, pendant quatre ans au moins. Nous ne leur compterons que deux cent soixante-dix jours de travail dans chaque année. Nous joindrons à leur solde les gages et appointemens d'une foule incroyable, et cependant nécessaire de préposés, d'ingénieurs, d'officiers divers, et la dépense journaliere excédera 36000 l. C'est-à-dire, pour quatre ans 38,880,000 l. Non compris la valeur de tous les matériaux, les acquisitions de terrein, &c.

Cependant M. Brulé ne porte la dépense totale qu'à vingt millions. Nous ne pouvons croire possible qu'il emploie par jour, ni trente mille ouvriers, ni même dix mille. Le moyen d'échouer, c'est d'entreprendre tout-à-la-fois. Ses soins, ses moyens seront trop divisés ; il commencera tout, et n'achevera rien.

Les Garres, les Ports qu'il se propose de faire, sont faciles à imaginer, mais non à exécuter.

Il assure que, dans un jour, on viendra de Lisy à Paris, et qu'on retournera en un jour de Paris à Lisy. Il oublie qu'en retournant, on aura à vaincre la résistance d'une eau courante sur une pente double de celle de la Seine.

Un réservoir vaste sera établi entre la Villette et la Chapelle à soixante pieds au dessus du niveau de la Seine ; il sera alimenté par le canal venant de la Marne, &c.

N'y a-t-il point d'imprudence à rassembler, presque sur les clochers de Paris, une telle masse d'eau, capable d'en submerger une partie, si les portes vers cette ville venoient à manquer ?

L'eau de ce réservoir alimentera les fontaines de la ville, et rendra inutiles les pompes de la Samaritaine, &c.

Mais l'eau de la Marne est très-inférieure en qualité à celle de la Seine, à celle d'Arcueil. D'ailleurs ces établissemens sont faits ; et la dépense pour amener à Paris celle du bassin de la Villette, seroit très-considérable.

4°. *Quelle pourra être la dépense de M. Brulé?*

Il la porte à vingt millions. Calculons d'après lui : la lieue de canal ne lui coûtera que 30,000 liv., ainsi quatre-vingt-seize lieues n'iront qu'à 2,880,000 liv.

A quoi prétend-il donc employer le surplus 17,120,000 liv.

La lieue de canal ne lui coûtera, dit-il, que 30,000 liv.

Tandis que, selon les anciens procédés, elle revenoit à 120,000 liv.

Il est impossible de donner à cet égard aucun apperçu. Dans la même plaine, sur un fond de glaise, une lieue ne coûtera ici que 30,000 liv. : là, sur un fond spongieux, elle excédera 100,000 liv.; plus loin, des vallons, des montagnes à tourner ou à percer, la porteront à cent mille écus.

On l'a vu, pag. 5, n'annoncer que deux écluses de Lisy à Conflans ; à la page 10, il en admet trois.

Il restreint ses canaux à la largeur nécessaire pour un bateau ; mais il augmente d'autant les frottemens, sur-tout en remontant. L'eau divisée par le bateau ne pourra pas se ranger promptement.

Il estime le transport annuel du poisson à 300,000 liv. de bénéfice ; ignoreroit-il qu'aucune denrée n'est plus promptement périssable ; que les chevaux qui le transportent, vont toujours un trot alongé qui fait près de deux lieues par heure, et que, malgré cette promptitude, le poisson arrive souvent corrompu ? Le transport, par son canal, seroit d'autant plus lent qu'il seroit fait toujours en le remontant. Nous sommes étonnés que cette idée lui ait paru mériter place entre les principaux bénéfices de son entreprise.

Les personnes instruites verront sans

doute que nous n'avons pas cherché à critiquer sévérement le projet de M. Brulé, tel qu'il est exposé dans l'écrit intitulé : *District de St. Gervais ;* et nous finirons en répétant que si, par son canal de Paris à St. Denis et à Conflans, il ne met pas la capitale à l'abri des inondations et des débacles, son projet doit être rejetté quant à cette partie.

Le mémoire suivant, intitulé : *Observations sur le canal royal*, a été publié par nous, il y a deux ans ; une seconde édition l'a été l'année dernière, et nous avons cru devoir y ajouter copie des titres qui prouvent notre droit à être préféré au Sr. Brulé, pour la partie du canal de Paris à St. Denis. Ces pieces justificatives seront suivies des lettres-patentes sollicitées par le Sr. Brulé en 1787, et de l'écrit au nom du district de St. Gervais, que nous avons souvent cité.

Nota. Le 16 février 1789, nous avons adressé aux ministres des finances et de Paris, des exemplaires des observations sur le canal royal. Leur silence nous a déterminé à les publier.

OBSERVATIONS

SUR

LE CANAL ROYAL

DE PARIS.

Par M. LE COMTE DÉSSUILE.

M. DCC. LXXXVIII.

OBSERVATIONS

SUR

LE CANAL ROYAL

DE PARIS.

Le roi, par un arrêt de son conseil, du
13 septembre de la présente année 1788, a
permis l'établissement d'un canal de navigation, sous le nom de *canal royal de
Paris ;* lequel, rassemblant à Lisi les eaux
des rivieres d'Ourc et de Marne, les
conduira jusqu'à la hauteur de la Chapelle et la Villette, près de Paris. Là, il
sera divisé en deux branches, dont une
descendra à la Seine, près le bastion de
l'Arcenal, et l'autre aussi à la Seine, mais
vers son confluent avec la riviere d'Oise,
peu loin de Conflans-Sainte-Honorine.

Ce projet très-ancien a déja été présenté
plusieurs fois toujours sans succès, son
utilité n'ayant jamais paru évidente. Il

A

n'offre en effet à la ville de Paris qu'une navigation sans cesse obstruée par une foule d'écluses, infiniment plus lente et plus pénible que le passage de tous les ponts et porthuis de la Seine et de la Marne, et bien plus dispendieuse. D'ailleurs il détruit à jamais l'espoir que les habitans de Paris avoient eu de voir incessamment cette capitale à l'abri des inondations et des débacles de glaces.

Le comte Déssuile, employé successivement par quatre ministres des finances à dés opérations d'utilité publique et de bienfaisance, présenta au conseil en 1784 le projet d'un canal de décharge pour les eaux superflues de la Seine, et de navigation partant de cette riviere prise à l'ancienne Garre, au-dessus de Paris, et se versant dans la même, près de S. Denis. Ses principales utilités sont :

1°. De débarrasser Paris des eaux excessives ou débordemens de la Seine, ainsi que des glaces qu'elle charie.

2°. D'établir une navigation certaine et facile de cette ville à S. Denis.

3°. *De procurer à la capitale des*

eaux pures et abondantes, élevées par une machine de son invention.

4°. D'assurer la mouture d'une très-grande quantité de blé par des moulins nombreux, hors le cours ordinaire de la Seine.

5°. Enfin, de conduire à un entrepôt près de Paris, dans lequel les négocians pourroient laisser en sûreté toutes leurs marchandises aussi long-temps que cela leur seroit nécessaire.

Ce projet fut remis à M. le contrôleur général le 13 février 1784, à M. le baron de Breteuil le 15 suivant, au lieutenant général de police le 4 mars, au prévôt des marchands le 5 ; et, dès le 2 du même mois, il avoit été discuté au contrôle général par les ministres des finances et de Paris, avec les divers administrateurs. Tous parurent en desirer l'exécution.

M. de Breteuil l'avoit communiqué le 22 février au bureau de la ville, pour avoir son avis redemandé le 13 mars. M. de Caumartin écrivit, le 17 suivant, que le bureau avoit passé le tout au sieur Moreau, son architecte, dont il attendoit la réponse, qui n'est jamais venue, le comte Déssuile ayant cru devoir se dispenser d'aller la solliciter lui-même.

Le ministre lui ayant proposé verbalement, dans l'assemblée du 2 mars, de lever les plans, de faire les nivellemens, de dresser les devis nécessaires, il eut l'honneur de lui offrir de s'en occuper uniquement et sans délai, même sans réclamer ses avances si son projet ne paroissoit point exécutable; mais il demanda d'être autorisé par écrit pour ne point être contrarié ou arrêté dans ses opérations. La promesse lui en fut faite solemnellement pour le lendemain : elle n'a jamais été remplie; et le seul titre qu'il ait eu à cet égard est une lettre d'invitation par M. le prévôt des marchands. Le ministre, singulièrement ardent pour cette entreprise pendant un mois, parut de glace ensuite, sans cependant l'avoir jamais désaprouvée.

Le comte Déssuile, entraîné par son désir d'être utile, commença avec deux géomêtres et trois aides à sa solde, le plan du terrein où son canal devoit passer, ce

qui comprit une forte partie des fauxbourgs
S. Antoine, du Temple, S. Martin et S.
Denis, opération nécessairement longue,
et qui fut interrompue par une mission particuliere qui, en janvier 1785, le conduisit en Bretagne, et l'y retint jusqu'en septembre suivant. Alors il acheva les plans
et commença les nivellemens aussi interrompus par une seconde mission en 1786,
dans les Trois-Evêchés et la Lorraine.

Pendant cette nouvelle absence, un
sieur *Brulé*, ancien charpentier, présenta
au ministre le même projet que le conseil
vient d'autoriser, mais auquel il avoit
adapté, comme s'il en eût été l'auteur,
celui du comte Déssuile, en y faisant les
changemens les plus mal-adroits qu'on
pût imaginer.

Lorsque celui-ci revint, M. de Calonne lui communiqua les plans de cet entrepreneur, pour en dire son sentiment,
exigé dans le jour même, et l'on avoit eu
soin d'en écarter tout ce qui pouvoit l'instruire de l'usurpation que cet homme faisoit sur son travail personnel; il l'ignoroit
même encore lorsque, le 6 mai, il écrivit

aux auteurs du journal la lettre insérée dans leur feuille du 29 suivant.

Sa réponse, qui ne portoit que sur le canal proposé, depuis plus d'un siecle, de la Marne à l'embouchure de l'Oise, fut favorable. Il offrit même de céder au sieur Brulé, qu'il n'avoit jamais vu, la construction de son canal, et tout ce qu'il avoit déja fait à cet égard ; persuadé que ces deux entreprises devoient être dans une seule main, il se contenta d'observer qu'il croyoit juste qu'on lui rendît ses déboursés, montant au plus à 3000 liv.

Peu après il découvrit les motifs qui avoient changé, non l'opinion de M. de Calonne, mais ses vues quelquefois contraires à son opinion.

Un avantage purement accessoire du projet du comte Déssuile, étoit de procurer à la ville de Paris une eau abondante et pure, au moyen d'une machine de son invention. Une compagnie alors toute puissante, et vivement protégée par un administrateur devenu trop célebre, crut cette partie du projet contraire à ses intérêts, et mit ses soins à le faire échouer ;

elle fut singulièrement secondée, sans doute à son insçu, par un autre administrateur, à qui cela devoit être totalement étranger, mais dont la haine héréditaire et infatigable contre le comte Déssuile, n'a point encore cessé de se tourmenter pour trouver les moyens de lui nuire.

La famille de celui-ci étant très-connue du principal ministre, le comte Déssuile eut recours à sa justice pour conserver les droits qu'il avoit au canal de Paris, et lui en écrivit le 30 juin 1787. Par une autre lettre plus détaillée, du 17 juillet, et enfin par un mémoire remis à lui-même, il offrit de continuer les nivellemens et devis, et de présenter une compagnie solide, si l'on vouloit lui donner un titre suffisant; mais il ne put obtenir aucune réponse, ni même une audience particuliere.

Le dérangement survenu dans sa fortune, par les avances inutiles qu'il avoit déja faites, et par le refus du principal ministre, de lui faire payer les deux années de traitement qui lui sont dues pour ses travaux excessifs dans la Bretagne, les Trois-Evêchés et la Lorraine, en 1785 et

1786, l'ont déterminé à quitter la capitale, et à se retirer avec ses enfans dans un village peu éloigné de Metz. C'est là que le hasard vient de l'instruire à-peu-près des dispositions de l'arrêt du 13 septembre dernier, sur lequel il se croit en droit de faire quelques observations, bien moins relativement à ses intérêts, que par rapport à l'utilité publique.

La subsistance d'un million d'hommes exige sans doute qu'on prenne les moyens les plus faciles et les plus certains pour leur procurer les denrées et marchandises nécessaires. Les transports par terre sont très-dispendieux pour les citoyens, et ruineux pour les peuples des campagnes, obligés de réparer les chemins. C'est donc un très-grand avantage d'établir dans l'intérieur du royaume le plus de canaux de navigation qu'il est possible ; mais le zele à cet égard ne doit point être aveugle. Une route par terre est-elle dégradée, on en ouvre une autre à coté ; un pont est-il rompu, on en établit un autre provisoire, et le service public n'est presque point interrompu : mais rien ne peut suppléer une seule écluse dérangée ; elle intercepte la navigation du canal entier, souvent même pour plusieurs mois.

La dépense faite pour l'établissement d'un canal exige l'imposition de droits sur sa navigation, qui puissent indemniser l'entrepreneur, et lui procurer un bénéfice suffisant. Ces droits répartis ordinairement par écluses, sont perçus à chacune d'elles. Lorsqu'elles sont nombreuses, ils sont nécessairement excessifs, et très-désagréables pour les navigateurs, molestés par la plupart des éclusiers, sinon vexateurs, du moins négligens, et rarement prêts à remplir leurs devoirs. Il en résulte que les charrois par terre sont presque généralement préférés.

Le service des écluses multipliées consomme, par sa lenteur, un temps précieux, et cause les retards les plus nuisibles.

Enfin, plus un canal contient d'écluses, plus sa construction est lente. Plusieurs compagnies se succèdent et se ruinent ; plusieurs générations s'éteignent avant qu'une entreprise trop vaste soit condite à sa fin. Le canal de Provence et beaucoup d'autres projets aussi séduisans, qui n'ont pas eu plus de succès, en offrent la triste preuve.

Lorsqu'une navigation est tellement importante, que tous moyens à prendre pour l'établir doivent être employés ; lorsque les circonstances locales forcent à gravir une montagne qu'on ne peut ni percer ni tourner, il faut sans doute établir des écluses nombreuses ascendantes et descendantes ; mais nous n'avons encore en grand qu'un exemple réel de cette fatale nécessité : peut-être même le canal qui joint les deux mers pouvoit-il être exécuté par des moyens plus simples.

Il est temps de faire l'application de ces principes incontestables, et de comparer les deux projets ; mais avant de se livrer à cette discussion importante, le comte Déssuile déclare qu'il n'a point lu en substance l'arrêt du 13 septembre dernier, et qu'il ne le connoît que par l'extrait que le hasard lui en a fait parvenir. S'il est dans l'erreur pour quelqu'une des dispositions de cet arrêt, il paroîtra d'autant plus ex-

cusable qu'il n'en a point été prévenu.
Cependant on vient de voir qu'il auroit
dû l'être.

Le canal dont il s'agit est composé de
deux parties : l'une perpendiculaire à la
ville de Paris, vient de Lisi-sur-Ourc, entre la Chapelle et la Villette, l'autre trans-
versale s'étend de la Seine sous le bastion
de l'Arcenal, à la Seine vers Conflans-
Sainte-Honorine.

La premiere étant étrangere au comte
Déssuile, il n'en parlera que superficiel-
lement, mais il entrera dans de plus
grands détails sur ce qui concerne la seconde qui doit l'intéresser vivement, bien
moins par rapport à lui-même, que pour
l'utilité dont elle doit être à la ville de
Paris; il ose même dire, pour la gloire du
ministere actuel, à laquelle il n'est point
indifférent, de choisir entre les deux projets. L'un présentera à la nation étonnée
un chef-d'œuvre de l'art, l'autre procurera aux citoyens reconnoissans, un chef-
d'œuvre de patriotisme.

Le canal royal rassemblera, dit-on, à
Lisi-sur-Ourc, les eaux de la riviere

d'Ourc et celles de la Marne; ce qui paroît d'autant plus difficile que cette seconde riviere est plus basse que la premiere jusqu'à leur confluent. Il n'aura nécessairement que les eaux de la riviere d'Ourc plus que suffisantes pour l'alimenter, et il communiquera à la Marne par une ou deux écluses. La compagnie qui l'entreprend promet dix-huit cents pouces d'eau au point de partage.

Ce canal, parvenu entre la Chapelle et la Villette, à soixante-quinze pieds au-dessus de la Seine, prise à l'Arcenal, et à quatre-vingt-seize au-dessus de la même riviere, prise seulement à Saint-Denis, descendra par dix écluses au moins jusqu'au bastion de l'Arcenal, et par treize, aussi pour le moins à Saint-Denis où la Seine est plus basse de près de vingt pieds, qu'à son entrée à Paris.

La navigation de cette ville à la haute Marne sera donc soumise à dix écluses pour s'élever seulement au point de partage, sans compter celles qui seront nécessaires depuis ce point jusqu'à Lisi, dans un trajet de quatorze ou quinze lieues par la direction la plus courte ; et encore celles par lesquelles on communiquera de la riviere d'Ourc à la Marne.

Les marchandises principales qui descendront par cette route à Paris, seront les bois de Villers-Coterets et des grains de diverses sortes ; les bois et les fers venant de Saint-Dizier s'en abstiendront peut-être. Il est difficile que des droits modérés sur ce qui sera voituré par ce canal puissent satisfaire les entrepreneurs ou plutôt empêcher leur ruine. S'ils obtiennent un tarif excessif, leur canal sera abandonné. De maniere ou d'autre cette entreprise paroît peu favorable pour eux, et d'une médiocre utilité pour le public.

L'ancien projet dont ils n'ont présenté qu'une portion au gouvernement, faisoit remonter le canal dont il s'agit, jusqu'à Saint-Dizier pour écarter les difficultés, les dangers même de la navigation, par la riviere, depuis cette ville jusqu'au confluent de la riviere d'Ourc et de la Marne. Les navigateurs qui auront franchi jusques-là ces obstacles, ces périls, ne recevront pour le reste de leur route qu'un bien foible soulagement, en passant par le canal proposé : il s'en abstiendront si peu que les droits à payer soient considérables, et le service d'une multitude d'écluses négligé.

La route ordinaire par la riviere ne leur sera sans doute point interdite. Nous ne verrons plus renaître ces temps d'oppression où des administrateurs dévorans, abusant de la confiance des ministres, avoient fait défendre aux boulangers de Paris, qui seuls assurent la subsistance de ses habitans, d'y transporter par la riviere les grains qu'ils acheteroient à dix lieues à la ronde.

Si l'on publioit une collection exacte de tout ce qui a été ordonné sous l'autorité du gouvernement, soit par des actes publics, soit par des injonctions secrettes relativement à la police des grains, depuis soixante-dix ans, les hommes les plus incrédules conviendroient que la providence divine a pu seule empêcher la destruction de la nation françoise, et la défendre contre l'ignorance où la cupidité des préposés en sous ordre à cette police : les chefs de l'administration verroient avec effroi qu'ils sont presque toujours com-promis par eux... &c.

Il est temps de s'arrêter sur ce qui con-cerne la premiere partie du canal royal, et de s'occuper de la seconde, dont il faut d'abord examiner la destination. Elle doit importer presque toutes les marchandises ou denrées nécessaires à cette capitale. Elle doit exporter tout ce que l'on en sort pour les provinces maritimes, et pour le commerce par mer. Elle est donc bien plus utile que la premiere, et cependant on peut en tirer des avantages plus précieux dont nous parlerons d'abord.

Les immondices sans nombre que jet-tent continuellement dans la riviere un million d'individus, en rehaussent conti-nuellement le fond. Une partie peut être transportée au loin par le cours de l'eau ; mais la plus considérable est déposée dans son lit depuis Paris jusqu'à Seve. Déja la navigation y est presque nulle pendant six mois de l'année ; dans un demi-siecle elle sera impraticable.

Le cours de l'eau est ralenti par la diminution de sa pente. Son plus foible accroissement par les pluies, ou les fontes de neiges, la fait déborder, parce que l'exhaussement de son lit le rend incapable de la contenir. Tous les quartiers bas de la ville sont inondés, et ces événemens ont toujours les suites les plus funestes.

Il est cependant aisé de les prévenir, en pratiquant au-dessus de Paris un canal de décharge qui détourne de cette ville les eaux surabondantes, les glaces même, et les conduise vers Saint-Denis. La plus légere inspection du plan de Paris et de ses environs, en fait naître l'idée. Le comte Déssuile, en la mettant sous les yeux du ministere, a déclaré qu'elle ne lui appartenoit pas, que d'autres avant lui l'avoient eue, et que le seul mérite auquel il pouvoit prétendre, étoit de l'avoir approfondie le premier.

Quel but plus honorable et plus utile le gouvernement peut-il se proposer en favorisant cet établissement, que de faire cesser les inondations, les débacles qui tous les ans mettent en danger les pro-
priétés

priétés, la vie même de plusieurs milliers de citoyens? Des maisons dont les fondations ont été, à plusieurs reprises, abreuvées de l'eau des débordemens, ou de celle, plus dangereuse encore, filtrée à travers les terres qui les soutiennent ou les entourent, perdent leur solidité ; d'un instant à l'autre elles peuvent s'écrouler, et écraser tous leurs habitans. On ne connoît que trop les autres ravages que font les grandes crues de la rivière, ou les débacles presque toujours imprévues.

Le canal royal ne procurera pas ces avantages précieux ; il ôtera même à la ville l'espoir et la possibilité de se les procurer un jour. Osera-t-on jamais entreprendre de trancher une montagne à côté d'un canal qui en occupera les deux côtés et le sommet?

Il fera plus ; il mettra la ville de Paris dans un péril continuel, qu'on n'a certainement point fait connoître aux ministres, et auquel les entrepreneurs eux-mêmes n'ont sans doute point réfléchi.

Est-il prudent d'amasser à l'entrée de Paris, à soixante-quinze pieds d'élévation

B

au-dessus du sol de cette ville, une masse d'eau de plusieurs toises de largeur, et de quinze ou dix-huit lieues de longueur? Ce volume suffisant pour en submerger une forte partie, ne sera contenu que par une premiere écluse. Neuf autres se succéderont, il est vrai, mais dans une demi-lieue de distance au plus, et par conséquent si près les unes des autres que la premiere venant à manquer, le choc terrible de la colonne d'eau qui se précipitera sur la seconde l'emportera, et ainsi des suivantes. Toutes seront trop voisines pour que l'impétuosité de ce torrent ait le temps de s'amortir. Quand même les écluses inférieures soutiendroient ce choc, ce seroit en vain, puisqu'elles seroient à l'instant surmontées par les eaux, auxquelles il seroit impossible de retourner sur leurs pas par une pente de plus d'une toise sur dix.

Le danger qui résultera d'une telle opération n'auroit pas lieu, si l'échelle d'écluse du côté de Paris en étoit plus éloignée, et si dans le cas où la premiere romproit, les eaux trouvoient une autre direction. On dira peut-être qu'elles en auront une telle vers Saint-Denis : mais elle sera nulle aussi long-temps que l'écluse située de ce côté sera fermée , et lors même qu'on l'ouvriroit un quart d'heure après la rupture de celle vers Paris , l'eau se seroit déja frayée une route dont aucun moyen ne pourroit plus la détourner.

Ainsi les parisiens seront, comme cet infortuné célebre , condamnés à voir sans cesse une épée nue suspendue à un fil menacer sa tête.

Les causes qui rehaussent le lit de la riviere au-dessous de Paris se multiplient chaque jour , et diminuent sensiblement sa pente et sa capacité. Les inondations deviendront à l'avenir beaucoup plus fréquentes et plus élevées. L'amoncellement des glaces croîtra dans la même proportion.

Les entrepreneurs du canal royal ne l'ont point ignoré. On trouve, dit-on, dans le préambule de l'arrêt du 13 septembre , ces mots importans : « ... *L'on ne connoît que trop les fâcheux accidens causés par les débordemens et par les fontes*

subites des glaces pendant l'hiver....
Depuis long-temps on a reconnu que
la construction d'un canal depuis Pa-
ris jusqu'à l'endroit où l'Oise se jet-
tant dans la Seine, la rend naviga-
ble dans tous les temps de l'année, se-
roit le seul moyen de remédier à tous
les inconvéniens. »

D'après cet exposé, il est à croire que
le but principal du canal proposé sera de
parer aux fâcheux accidens dont il s'agit.
Eh bien! loin d'y parer en quelque maniere que ce puisse être, il les rendra plus
terribles encore. C'est ce que l'on pense
avoir suffisamment prouvé.

On lit ensuite : « .... *Qu'il réunit le*
double avantage de rendre la naviga-
tion plus facile et de pouvoir servir
à l'arrofement des terres, et qu'en
même temps il procure de nouveaux
embellissemens à notre bonne ville de
Paris;... que son objet capital est d'a-
breger beaucoup la navigation de la
Seine dans cette partie, et de la rendre
facile. Il évitera l'embarras et les frais
de la remonte des bateaux à travers
tous les ponts de cette ville. »

Réduisons à leur valeur ces magnifiques promesses. Quel objet plus capital pouvoit-on avoir que de pourvoir à la sûreté de la ville? Mais nous nous sommes suffisamment expliqués à cet égard. Ce qui nous reste à apprécier, c'est la navigation depuis le bastion de l'Arcenal jusqu'à Saint-Denis seulement.

On a déja vu qu'elle seroit obstruée par vingt-trois écluses, et ce nombre doit être vrai, puisque dans le projet du Sieur Brûlé, on s'est prévalu pour régler ce même nombre de la décision de l'académie des sciences, qui fixe à huit pieds la plus grande chûte d'une écluse. En donnant à celle-ci sept pieds et quelques pouces, on en trouve la quantité ci-dessus.

Est-ce donc faciliter la navigation que la forcer de passer par vingt-trois filieres, dont chacune, soit par le travail qui y est nécessaire, soit par les lenteurs d'un service presque toujours fait négligemment, soit enfin par une foule de contre-temps ou de petits accidens imprévus, consomme bien plus de temps que le passage d'un pont?

Est-ce diminuer les frais de cette navigation, que de la soumettre à des droits d'écluse exigés vingt-trois fois, si modérés qu'ils puissent être pour chacune?

Est-ce enfin la rendre plus agréable, que d'exposer les navigateurs aux caprices, à la dureté de vingt-trois éclusiers et percepteurs différens?

Cependant cette même navigation est infiniment importante. Plus des trois quarts des denrées et marchandises qui entrent à Paris ou en sortent, viennent ou partent par le bas de la riviere. En rendre le transport plus assuré, plus facile et moins dispendieux, c'est un projet digne des ministres du meilleur de tous les rois. Mais quels reproches la génération existante, la postérité même, n'auroient-elles point à faire à ceux qui auroient trompé leur bienfaisance, en leur faisant adopter des moyens contraires à leur propre intention! Ceux que l'arrêt du 13 septembre a préférés paroissent tels.

Présentent-ils d'ailleurs une utilité réelle pour l'arrosage des terres? A peine sur toute la route du canal royal, trou-

veroit-on cinq cents arpens employés à
un genre de culture qui ait un besoin réel
d'arrosemens fréquens, et que les dispositions locales permettent d'arroser.
Nos terres près de Paris ne sont que
trop souvent mouillées par les pluies fréquentes dans ce climat, bien différent de
la Provence ou du Languedoc. Enfin le
projet admis mérite-t-il une faveur particuliere, comme pouvant servir à l'embel-
lissement de la capitale? Est-ce un coup
d'œil bien satisfaisant qu'une échelle d'é-
cluses qui, vues de loin, paroîtront se tenir
immédiatement, et qui, gravissant une
montagne, se perdront dans les airs, sans
qu'on puisse appercevoir quelle est leur
route sur cette sommité? Du point de partage même, on ne verra rien de plus intéressant; on n'appercevra point les deux
rampes, on ne soupçonnera pas leur
existence.

Comparons actuellement à ce projet
celui du comte Déssuile, antérieur de plusieurs années.

Le canal qu'il a proposé partira de la
Seine vis-à-vis la Garre; il traversera l'ex-

trémité des fauxbourgs Saint-Antoine, du Temple, de Saint-Martin et de Saint-Denis, d'où il descendra à la Seine vers Saint-Denis, ou vers Conflans-Sainte-Honorine, l'un et l'autre étant également possibles. Au-lieu de gravir la petite montagne des deux derniers fauxbourgs, il la traversera par une coupure, et sa pente, depuis la Garre jusqu'à Saint-Denis, sera de dix-neuf pieds et demi divisés en trois écluses de six pieds et demi l'une.

La cale (ou fond) de ce canal à sa prise d'eau scra de deux pieds plus basse que le fond de la Seine ; et sa pente étant bien plus rapide que le lit ancien de cette riviere, il est aisé de comprendre que tout ce qu'elle contiendra de trop, même les glaces, se précipitera par ce canal, lorsque les portes en seront ouvertes, sans qu'il soit besoin de l'y déterminer par aucun moyen particulier. Il est donc certain qu'il préservera la ville de Paris des inondations, qui tous les ans en mettent une partie en danger, et des débacles de glaces qui y causent tant de ravages.

Il n'exposera pas cette capitale à être

submergée par une colonne d'eau de quinze à dix-huit lieues de longueur, élevée presque jusques sur ses clochers.

Il procurera effectivement une navigation facile puisqu'il n'aura effectivement que trois écluses au-lieu de vingt-trois.

Il diminuera réellement les frais, puisque la dépense de sa construction étant considérablement moindre, les droits à imposer seront beaucoup plus foibles.

Il ne consommera point inutilement un temps précieux, puisqu'on n'aura que trois écluses à passer.

Si l'embellissement de la ville doit entrer pour quelque chose dans l'admission d'un tel projet, celui-ci y contribuera sans doute. Un canal sur une seule ligne de pente presque nulle, garni seulement de trois écluses, qui sembleront s'éloigner à la vue, au-lieu de s'amonceler les unes sur les autres, bordé d'un côté sur les deux tiers de sa longueur de manufactures diverses, et de l'autre par un beau et vaste chemin, sera sans contredit une décoration pour cette ville.

Ce projet, dont nous présentons le précis

de la maniere la plus simple, parce que c'est en tout celle de son auteur, a été vivement accueilli par les ministres et par les administrateurs, en février 1784. Depuis ce temps on n'a fait contre lui que des objections qui ne partent assurément pas de personnes de l'art, ou qui ayent même aucunes notions à cet égard. On va les transcrire et y répondre.

1°. *Lorsque les eaux seront basses au point où elles se trouvent actuellement, le canal de M. le comte Déssuile prendroit tout le volume qui passe dans Paris, et alors son ancien lit seroit une cloaque, non compris le très-grand inconvénient de ne pouvoir plus y puiser l'eau nécessaire aux habitans.*

RÉPONSE.

L'auteur de cette objection n'a vraisemblablement jamais vu de canal de navigation. Il a pensé que c'étoit une riviere courante établie aux dépens d'une autre riviere ; tandis que ce n'est qu'un long fossé plein d'eau stagnante, dont il suffit, hors les momens de navigation, de répa-

rer avec de l'eau nouvelle les évaporations
et infiltrations. Celle que l'on consommera pour le passage d'autant de bateaux
qu'un sac d'écluses en pourra contenir,
ne consistera que dans le remplissage du
premier, qui en se vidant, alimentera tous
les autres. Ce critique paroît avoir ignoré,

1°. Que l'entrepreneur du canal royal,
en promettant d'amener entre la Villette
et la Chapelle dix-huit cents pouces d'eau,
croit cette quantité très-surabondante;
elle l'est en effet, puisqu'il en résulte douze pieds et demi quarrés.

2°. Que la largeur de la Seine, dans
ses plus basses eaux, excede quatre
toises, lesquelles contiennent cinq mille
sept cent soixante pouces, dont cent qua-
rante-quatre forment un pied quarré.

3°. Qu'en prenant cette surface seulement à un pouce de profondeur, on aura
quarante pieds quarrés; que par conséquent si l'entrepreneur prenoit ses dix-huit
cents pouces dans la riviere, il n'en baisseroit la surface que de quatre lignes, même
un peu moins.

4° Que le comte Déssuile se contentant d'y puiser dix pieds d'eau seulement, parce qu'ils suffiroient pour alimenter le canal le plus fréquenté de l'univers, il ne la diminuera en hauteur que d'un quart de pouce; ce qui ne sauroit en convertir l'ancien lit en une *cloaque*, et n'empê-chera pas les parisiens d'y puiser de l'eau.

L'auteur de cette première objection n'est pas plus heureux dans la seconde; la voici : *pour établir cette prise d'eau du canal vis-à-vis la Garre, il faudroit faire une digue extrêmement forte, jus-qu'au milieu de la riviere, tant pour détourner l'eau et la diriger dans le canal, que pour résister aux inonda-tions. Alors cette digue seroit un écueil pour la navigation descendante et même montante.*

RÉPONSE.

Ce critique n'est point d'accord avec lui-même : il a dit dans sa précédente ob-jection, que toute la riviere passeroit tel-lement par le canal, que son ancien lit ne seroit plus qu'une cloaque, &c. ; il pré-tend dans celle-ci qu'il faudra une digue extrêmement forte , qui aille jusqu'au milieu de la riviere pour la forcer à passer par le canal. Cela est contradictoire.

Selon lui , il en faudroit donc une extrêmement forte dans la Loire, pour la forcer à inonder les vallées voisines , si l'on faisoit une ouverture à la levée qui la contient. Il en faudroit une extrêmement forte dans une riviere quelconque pour se diviser et y former des isles.

Si peu qu'on ait vu de l'eau , on sait que, pressée par son propre poids, elle se porte toujours vers l'endroit qui lui oppose le moins de résistance ; les deux bords d'une riviere sont inébranlables ; l'eau qui arrive ne peu reculer, puisqu'elle est poussée par une colonne continuelle. Lorsque celle qui la précede ne fuit pas assez vite, cette riviere déborde ; mais lorsqu'on lui procure un passage nouveau dont la pente plus forte accélere sa fuite , elle s'y précipite d'elle-même sans qu'il soit besoin d'aucuns secours de l'art ; elle abandonne même son ancien lit, si ce passage nouveau suffit pour la contenir.

Il reste à voir si le canal proposé par le

comte Déssuile peut remplir cet objet. On a déja dit que le fond, à la prise d'eau, seroit de deux pieds plus bas que celui de la rivière. On va prouver que la pente sera triple et au-delà.

L'ancien cours de la Seine de Paris à Saint-Denis à dix-neuf mille toises de longueur. Le canal du comte Déssuile n'en parcourt pas six mille entre les mêmes points. Toute la pente, répartie actuellement sur dix-neuf mille toises, sera donc resserrée dans moins de six mille ; et celle du canal sera presque quadruple à celle de la rivière.

On ne sauroit douter que, lorsque les portes de ce canal seront ouvertes, toute l'eau qu'il pourra contenir ne s'y précipite avec violence, et n'entraîne naturellement avec elle, tous les glaçons arrivans par la Haute-Seine et par la Marne, sans qu'il soit besoin de digues, &c.

Tels sont les deux projets entre lesquels le gouvernement auroit eu à choisir, s'ils avoient été mis sous ses yeux au même moment, et avec impartialité ; mais cela ne pouvoit être. L'entrepreneur du canal

royal étoit sur les lieux, et pouvoit se faire
entendré personnellement; le comte Déssuile étoit loin, et n'avoit personne qui
pût le représenter. Peut-être l'accusera-
t-on de négligence à cet égard; et le seul
moyen qu'il ait de s'en disculper, c'est de
faire ici sa profession de foi en affaires pu-
bliques.

Il a toujours pensé que, lorsqu'un citoyen avoit présenté un projet reconnu
utile par le ministere, l'administration(qui
sans doute est empressée à faire le bien public) devoit lui laisser peu de soins à prendre pour le faire admettre, et qu'elle devoit sur-tout lui garantir la propriété de
son projet.

Il a présenté des projets dont plusieurs
ont été adoptés, sans que pour les accré-
diter il ait mandié aucuns suffrages en
sous-ordre.

S'il paroît s'élever aujourd'hui contre
celui du canal ordonné par l'arrêt du
13 septembre dernier, ce n'est nulle-
ment pour en suspendre l'exécution, par
quelques vues d'intérêt personnel, et élever l'opinion publique contre ce même

projet. Il le prouve en déclarant qu'il abandonne gratuitement le sien à la compagnie du canal royal, à laquelle il offre pareillement ses plans et ses observations. Si le ministere trouve juste de l'en dédommager, ou du moins de lui faire rendre ses déboursés, il en profitera certainement, mais sans lui faire de demandes importunes.

Son unique but est d'indiquer à cette compagnie un moyen facile de rendre son entreprise parfaitement utile et digne à tous égards de la protection qu'elle paroît avoir. Le voici :

Le canal de Lisi-sur-Ourc, entre la Chapelle et la Villette, sera exécuté selon les plans approuvés par les ministres sans s'attacher à fournir dispendieusement la quantité d'eau annoncée, dont les deux tiers seroient plus que suffisans.

A son extrémité, vers la capitale, il descendra par une rampe garnie de onze écluses, et dirigée vers Saint-Denis, plus que vers Paris, pour garantir cette derniere ville du ravage de ses eaux si une écluse venoit à rompre.

Au

Au bas de cette rampe, il se verseroit dans le canal proposé par le comte Dés-suile, et communiqueroit ainsi avec Paris et Conflans-Sainte-Honorine. Il en résul-teroit les avantages suivans.

1°. Les eaux excessives de la Seine, les glaces mêmes seroient détournées de la ville de Paris, débarrassée à l'avenir des inondations, des fortes débacles, et de tous les malheurs qu'elles occasionnent.

2°. Cette ville ne seroit pas exposée à être submergée, si quelques écluses venoient à rompre dans un canal élevé sur elle de soixante-quinze pieds.

3°. La navigation infiniment importan-te de Paris à Saint-Denis, n'ayant que trois écluses à passer, seroit infiniment plus facile et moins dispendieuse que par un canal garni de vingt-trois écluses.

4°. Les entrepreneurs auroient douze écluses de moins à construire, et cette dé-pense de moins à faire.

5°. Ils ne courroient point, comme en montant et en descendant la monta-gne, le risque presque certain, et qu'ils n'ont peut-être pas assez prévu, de ren-

C

contrer dans cette route des mauvais fonds, de la marne, du plâtre, &c. peut-être même des carrieres ignorées, dont les plafonds délayés par l'infiltration de l'eau stagnante du canal, s'écouleront et l'engloutiront dans leurs nombreuses cavités. Ces accidens trop vraisemblables pourroient doubler la dépense.

6°. Il paroît que la compagnie n'a pas fait une autre réflexion très-importante au bien public, et aussi pour elle-même. En suivant son projet il est impossible qu'elle en retire aucune sorte de produit avant que le tout soit absolument achevé, et que la ville en jouisse plutôt même partiellement. Pendant combien d'années ne perdra-t-elle pas les intérêts de ses avances?

En suivant ce que propose le comte Déssuile, cette entreprise générale sera divisée en deux portions indépendantes l'une de l'autre. En trois ans elle peut exécuter celle de Paris à la Seine, ce qui procureroit à la ville la plus grande partie des avantages qu'elle peut espérer de cette opération, tandis qu'elle-même, dès la troisieme année, en tireroit un produit considérable.

7°. Si cette compagnie tient beaucoup au desir de montrer à quel point l'art peut maîtriser la nature, elle aura pour déve-lopper et faire connoître ses talens, la rampe d'écluse qui fera la communication des deux canaux.

8°. Son desir de contribuer à l'embel-lissement de la capitale, sera également satisfait. Le coup d'œil le plus superbe et le plus intéressant que l'art et la nature puissent procurer, sera au point de jonc-tion des deux canaux. On verra dans le même instant l'un d'eux chargé de ba-teaux montans et descendans, se préci-piter du sommet de la montagne, et l'autre les conduire tranquillement à Paris ou à Saint-Denis. Quel spectacle pourroit être plus pittoresque, plus majestueux et caractériser mieux la puissance du souvé-rain qui en auroit ordonné l'exécution, et la bienfaisance de ses ministres?

La tâche du comte Déssuile est remplie. Deux motifs également impérieux l'ont forcé de réclamer contre le projet d'un ca-nal montant et descendant une montagne de Paris à Saint-Denis.

1°. Ce projet lui paroît contraire à l'utilité publique, vers laquelle ses vœux ont toujours été dirigés.

2°. Le refus d'admettre le sien feroit croire à tous les citoyens dont il avoit obtenu le suffrage, que le ministère actuel l'ayant mieux discuté, ne l'a considéré que comme une idée chimérique, et peu réfléchie par son auteur.

Il ne pouvoit donc, sans compromettre l'attachement, la reconnoissance même qu'il doit à une nation qui a bien voulu l'adopter, et sa propre gloire, s'empêcher de se justifier publiquement à ces deux égards. Il croit y avoir réussi, et pouvoir garder à l'avenir le plus profond silence ; toujours prêt néanmoins à donner de nouvelles preuves de son zèle pour son souverain et pour sa patrie.

PIECES JUSTIFICATIVES.

Projet d'un Canal de décharge, pour débarrasser
la ville de Paris des eaux excessives, ou dé-
bordement de la Seine, ainsi que des débacles
de cette riviere ;

Et encore pour établir une navigation certaine et
facile de St. Denis jusqu'à Paris ;

Et aussi pour procurer à la Capitale des eaux pu-
res et abondantes ;

Enfin pour assurer la mouture des blés, du moins
en partie considérable, par la construction de
vingt-quatre moulins à eau, même plus ;

Et établir un dépôt général, où les Négocians
pourront laisser leurs marchandises autant
qu'ils le jugeront à propos, et en toute sûreté.

Ce projet a été remis à M. le Baron de Breteuil
le 5 février 1784, par le Comte Déssuile, Pro-
priétaire de biens-fonds à Paris, et citoyen de
cette ville.

A

VILLE DE PARIS.

La ville de Paris, traversée par la riviere de Seine, est exposée tous les ans à des dangers, dont souvent elle éprouve les plus cruels effets, et dont cependant on peut la garantir, par des moyens qui procureroient, d'ailleurs, de très-grands avantages.

1.º. Cette riviere, obstruée par des obstacles nombreux, s'éleve quelquefois à la hauteur de ses quais, les couvre d'eau en plusieurs endroits, inonde des milliers de caves, & dégrade sensiblement les fondations d'autant de maisons.

Ces obstacles, il est vrai, ne peuvent être supprimés : ce sont les ponts par leurs piles et le peu d'élévation de leurs ceintres ; les établissemens pratiqués sous leurs arches; les bateaux de toutes les sortes; les trains de bois, &c. La surface de l'eau s'éleve certainement en raison de tout l'espace que ces objets occupent dans son intérieur.

Mais on peut y suppléer, en procurant à l'excès d'eau qui en résulte un autre débouché.

2.º. Le passage des glaces, nommé débacle, entraîne ou brise une grande quantité de bateaux, dont plusieurs sont chargés de denrées ou de marchandises d'un besoin pressant : il en coûte presque toujours la vie à quelques citoyens ; celle des trop nombreux habitans des ponts est exposée. Lorsque le péril augmente on les fait déloger ; et ces déplacemens leur causent toujours des pertes considérables.

Les glaces formées dans l'intérieur de la ville occasionnent peu d'accidens ; on en regle le départ, en les faisant casser peu-à-peu ; il n'est pas possible de résister à celles que la Seine et la Marne amenent de soixante et quatre-vingt lieues. Mais on s'en débarrassera par le même débouché dont on vient de parler.

3°. L'approvisionnement de cette peuplade immense, que le moindre retard pourroit mettre en danger, s'y fait presqu'entièrement par la riviere, et cesse d'être possible par l'effet de la gelée, des grandes et des basses eaux, qu'on peut évaluer à trois mois dans l'année.

Mais le même moyen suppléroit à tout, du moins depuis St. Denis jusqu'à Paris, portion de la navigation la plus difficile de toute la riviere.

4°. Les frais de tirage des bateaux, pour les remonter de l'une de ces villes à l'autre, sont assez considérables pour opérer un renchérissement sensible sur les marchandises et denrées qui viennent par eau ; ils ne peuvent même qu'augmenter, puisqu'on travaille journellement et forcément à exhausser le lit de la riviere par les dépôts qui laissent nécessairement les glaces, les neiges, et toutes les immondices qu'on y jette sans cesse.

L'opération qu'on va proposer, ameneroit tous les bateaux de St. Denis à la Capitale, par une route nouvelle indépendante de la riviere.

5°. Paris manque d'eau potable, parce que, dans son immense étendue, peu de personnes habitent assez près de la riviere pour y envoyer puiser; que d'ailleurs il y a trop peu d'escaliers pratiqués dans les quais pour y descendre. Le plus petit nombre des porteurs d'eau les engorgent au point, que plusieurs d'entr'eux ne peuvent y parvenir, et qu'il en résulte des rixes journalieres.

Divers marchands vendent de l'eau à un prix modique, relativement à leurs avances et à leurs frais, mais considérable si l'on fait attention au peu de facultés du peuple. Les uns la puisent dans les endroits où elle commence de s'infecter, par ces mêmes immondices qu'on y jette continuellement, les autres dans ceux où elle est nécessairement le plus chargée de leurs extraits, puisqu'elle n'a pas encore eu le temps de les déposer.

Il est possible, par la suite de la même opération, d'élever à quarante, même à cinquante pieds au-dessus de la riviere, prise à la Garre, la quantité d'eau qui seroit désirée, à peu de frais, et par une mécanique nouvelle. Elle y sera pure, et pourra se répandre dans tous les quartiers de Paris.

6°. Les quais de cette ville sont surchargés sans cesse de marchandises, que les Négocians sont obligés d'y laisser séjourner jusqu'à ce qu'ils aient place dans leurs magasins, et dont la sûreté n'est rien moins que parfaite.

On établira, presque sans dépense, un dépôt immense et fermé, où tout sera sous la garde la plus facile et la plus assurée.

7°. Les grains nécessaires à la subsistance des citoyens sont moulus à dix, quinze, même vingt lieues de la Capitale, et le transport des farines est souvent intercepté. Celles qu'on fait aux très-nombreux moulins à vent des environs, est d'une moindre qualité, à cause de l'irrégularité du mouvement de ces moulins, dont le travail n'est d'ailleurs jamais certain.

De nouveaux moulins à eau seront établis près de la ville; placés loin de la riviere, ils ne nuiront ni à son cours ni à sa navigation.

Ces différentes vues forment le projet qu'on

à l'honneur de mettre sous les yeux d'un Ministre éclairé et bienfaisant, qui doit de grandes
choses à la ville de Paris, parce qu'elle connoît
son esprit, ses talens et son cœur.

Il s'agit d'ouvrir un canal de décharge qui re-
cevra les eaux excessives et les glaçons de la riviere de Seine, vis-à-vis la Garre au-dessus de
Paris au point *A*, et les conduira directement
dans la même riviere au point *B* par un trajet
de six mille toises seulement, tandis que le cours
de la riviere, de l'un de ces points à l'autre, en a
plus de dix-huit mille.

Cette idée n'est point neuve. Quelques sa-
vans l'ont eue, et l'ont communiquée aux pré-
vôts des marchands, alors en place ; mais comme
simple idée, sans en avoir recherché tous les
avantages, et sans proposer aucun moyen de subvenir à la dépense.

Toute la pente étendue dans les dix-huit mille
toises de la riviere, étant resserrée dans les six
mille du canal, on peut imaginer avec quelle rapidité l'eau y coulera.

La riviere trouvant dans ce canal une pente
triple à celle de son cours ordinaire, s'y précipitera avec violence ; et dans le temps des débâ-
cles, elle y entraînera tous les glaçons qu'elle
chariera. On les déterminera par d'autres moyens
encore.

Le canal aura quarante-cinq pieds dans sa cale ou fond, et soixante-neuf par le haut sur douze pieds de profondeur, comprises les berges dans quelques places. Sa section contiendra six cent quatre-vingt-quatre pieds quarrés. Si l'on donne à cette masse une vîtesse en raison de la pente, on verra que toute la riviere pourroit y passer.

A chacune de ses extrémités, et dans son milieu, seront des sacs d'écluses pour monter ou descendre les bateaux. Chaque sac d'écluse sera fermé par des portes soutenues par de gros massifs isolés, servant à contenir des vannes à droite et à gauche des portes; et ces vannes seront montées ou descendues au moyen d'une forte vis dans le milieu, et d'un écrou dont on rendra le mouvement facile.

Dans les grandes eaux, ou les débacles, on ouvrira les portes, même les vannes, s'il en est besoin.

Dans tous les temps, le moment de débacle seul excepté, le bateau le plus chargé, que seize chevaux remonteroient avec peine jusqu'au pont royal en huit jours, sera remonté jusqu'à Bercy, en six heures, par deux chevaux seulement; et l'on conçoit combien l'on épargnera sur les frais.

A la prise d'eau, c'est-à-dire, au point *A*, un

petit canal de dérivation de douze toises de longueur, fera tourner la roue d'une nouvelle machine qui élevera, dans une jauge, à quarante pieds de hauteur, un volume d'eau très considérable, non encore infectée des égoûts de Paris, et d'où l'on pourra la conduire par-tout où l'on desirera.

A chaque écluse, par des canaux à-peu-près semblables, on fera tourner, dans deux bâtimens, huit moulages à farine, même plus, si l'on veut; puisque l'eau nécessaire à les alimenter, baisseroit à peine la riviere de quatre pouces, très-indifférens, lorsque les bateaux auront une autre route.

Le terrein abandonné de l'ancienne Garre, sera fermé d'une forte muraille, et le fond dressé où il en sera besoin. Un corps-de-garde et des halles y seront bâtis, et ce vaste emplacement sera le dépôt général et particulier de tous les négocians.

Il reste à parler de la dépense et des moyens d'y subvenir : on pense qu'elle sera moins de 1,500,000 livres, non comprise l'acquisition des terreins. Une foible contribution par toise de surface, sur-tout tous les propriétaires dont les caves sont noyées dans les crues de la riviere; des droits modérés sur la navigation du canal, sur l'entreposage des marchandises; le produit de l'eau, celui des moulins, seroient des moyens suffisans pour une entreprise par une compagnie qui ne tarderoit pas à se présenter.

Dans le cas où ce court apperçu paroîtroit au Ministre mériter son attention, et où il desireroit un plan du cours du canal avec les nivellemens nécessaires, et le devis des divers travaux proposés; enfin, un projet détaillé et précis, le comte Déssuile s'empressera de le satisfaire, et sans autre prétention que de mériter son estime et sa bienveillance.

La dépense que ces opérations lui occasionneront, sera un trop mince objet pour qu'il en demande la rentrée; mais il seroit nécessaire qu'il fût porteur d'un ordre, pour n'être pas exposé à des refus, lorsqu'il aura à traverser des jardins ou enclos, ou à des tracasseries de la part d'une classe d'artistes, qui croient devoir être seuls chargés des opérations de cette nature.

CORRESPONDANCE

CONCERNANT LE PROJET

DU CANAL DE PARIS.

Le 11 Février 1784.

LE mémoire ci-devant fut envoyé au Sr. de Lamotte, médecin de M. de Calonne, qui avoit desiré de le lui communiquer; une lettre de M. Déssuile à ce médecin, contenoit quelques observations. Celui-ci en ayant parlé le lendemain au Contrôleur-général, lui fit naître le desir de lire le mémoire, et d'en parler aux autres Ministres; M. Déssuile fut conseillé d'en adresser une copie à M. de Breteuil, ce qui fut fait le 15. Le 18, il fut invité à dîner au Contrôle-général avec le Ministre de Paris et tous les Administrateurs de la Ville, même les premier Président et Procureur-général. Après le dîné, on discuta le projet qui fut généralement approuvé. Le Lieutenant-général de Police en ayant desiré une copie, elle lui fut envoyée le 4 mars, avec la lettre suivante.

Paris, le 4 Mars 1784.

Vous avez desiré, Monsieur, un exemplaire de mon projet de canal près de Paris. J'aurois eu l'honneur de vous le porter moi-même, si ma santé me l'avoit permis. Je m'estimerai heureux si vous donnez assez d'importance à cette idée, pour y faire des observations, et vouloir bien me les communiquer; je les recevrai avec la plus vraie reconnoissance, mon but unique étant de me rendre utile.

J'ai l'honneur d'être, &c.

M. Lenoir répondit le 8, ainsi qu'il suit:

Paris, le 8 Mars 1784.

J'ai reçu, Monsieur, avec la lettre que vous m'avez fait l'honneur de m'écrire, l'exemplaire du projet que vous avez formé du canal à Paris. Je l'examinerai avec intérêt; je suis déja bien pénétré de son importance et de ses avantages. Je connois vos sentimens; je partage vos vues toujours dirigées vers le bien public. On ne peut être avec plus d'estime et d'attachement, Monsieur, votre très-humble et très-obéissant serviteur. *Signé* Lenoir.

M. Déssuile avoit demandé aux Ministres assemblés d'être autorisé à se faire ouvrir les jardins pour ses nivellemens. M. de Breteuil l'avoit promis pour le lendemain. Le 10 mars, M. Déssuile lui en écrivit pour le presser, et reçut la réponse suivante :

Versailles, le 13 Mars 1784.

J'ai communiqué, Monsieur, au Bureau de la ville, le 22 du mois dernier, le mémoire et le plan que vous m'avez fait remettre pour la construction d'un canal de Paris à St.-Denis; ce ne sera que quand le Bureau de la ville se sera expliqué sur l'utilité de ce projet, qu'il pourra être question de s'occuper des mesures relatives à son exécution.

J'ai l'honneur d'être très - parfaitement, Monsieur, votre très-humble et très-obéissant serviteur. *Signé* le baron de Breteuil.

P. S. Je viens d'écrire de nouveau à M. le Prévôt des marchands, et je crois qu'il conviendroit que vous voulussiez bien le voir à ce sujet.

En conséquence, M. Déssuile écrivit à M. de Caumartin, le 15, la lettre ci-après:

M. le baron de Breteuil, Monsieur, m'a fait l'honneur de me mander hier, 13 de ce mois, qu'il vous avoit communiqué, le 22 février, mon projet de canal près de Paris, et qu'il venoit encore de vous en écrire. Il paroît même désirer que j'aie l'honneur de vous voir à ce sujet. Si vous aviez, Monsieur, besoin de quelques éclaircissemens sur ce projet, je serai à vos ordres. Mon but n'est point d'en arranger une affaire d'intérêt pour moi. Il m'importe peu par qui on feroit exécuter, mais beaucoup de prouver que ce que je propose est possible; et cette possibilité ne sauroit m'être contestée, puisqu'on ne conçoît encore ni la vraie direction de mon canal, ni mes moyens. Si cependant je me suis trompé, il n'en coûtera rien à personne, puisque je ne demande que d'être autorisé à faire, à mes dépens, les opérations préliminaires. La pureté de mes vues ne me permet pas d'en solliciter vivement l'exécution.

Si peu, Monsieur, que vous ne les trouviez pas aussi utiles qu'elles me le paroissent, il n'en sera plus question.

J'ai l'honneur d'être, &c.

La réponse du Prévôt des marchands arriva le 17, et suit.

Paris, le 17 Mars 1784.

Le Bureau de la ville, Monsieur, avant de former une délibération en forme d'avis, que M. le baron de Breteuil lui a demandée, sur le projet que vous lui avez présenté, a cru devoir prendre des éclaircissemens particuliers, et en consulter son architecte, auquel il a remis toutes les pièces. Comme il ne me les a pas encore renvoyées, je lui écris par cet ordinaire de s'occuper promptement de cet objet. Aussi-tôt que ces renseignemens me seront parvenus, soyez persuadé que le Bureau ne perdra point de temps à former son avis.

J'ai l'honneur d'être avec un respectueux attachement, Monsieur, votre très-humble et très - obéissant serviteur. *Signé* Caumartin.

Le Sr. Moreau ayant refusé toute réponse, peut - être parce que le comte Déssuile n'avoit point été réclamer sa protection, &c., M. de Caumartin, guidé par lui, et d'ailleurs surchargé d'affaires, devant incessamment sortir de charge, et être remplacé par M. de Morfontaine, ne s'occupa plus de celle-ci. M. Déssuile attendit son successeur, et lui écrivit peu après ce qui suit:

Permettez-moi, Monsieur, de me rappeller à votre souvenir. Vous m'avez accueilli avec tant de bonté, de confiance même, lorsque, chargé du partage des communes, j'allai à Soissons, que j'espere que mon nom ne sera point effacé de votre souvenir.

Toujours occupé de l'utilité publique, j'ai présenté à M. le Contrôleur-général, en février dernier, un projet de canal, communiquant de la Seine, prise à la Garre au-dessus de Paris, à la Seine près de St.-Denis. Ce Ministre a paru l'accueillir, ainsi que M. le baron de Breteuil, qui l'a passé à M. de Caumartin; celui-ci l'a communiqué au Sr. Moreau, architecte de la ville.

Je demandois, Monsieur, d'être autorisé, par une simple lettre, à faire, à mes dépens, les plans, nivellemens et devis nécessaires. J'avois besoin de cette autorisation pour me faire ouvrir les jardins et maisons qui se trouvoient sur ma direction; ce qui m'avoit été précédemment refusé, et m'avoit jetté dans des opérations compliquées, beaucoup plus dispendieuses et incertaines.

J'offrois de remettre le tout ensuite au Ministere qui, s'il l'approuvoit, feroit exécuter par qui bon lui sembleroit, ne me réservant pas même la préférence, et ne cherchant, dans ce projet,

que

que la satisfaction d'avoir été utile à mes concitoyens.

M. Moreau n'a, sans doute, pas répondu à M.
de Caumartin, ni celui-ci à M. le baron de Breteuil; et je n'en ai point pressé ce dernier, sachant, Monsieur, que votre administration devoit commencer incessamment.

J'ai l'honneur de vous envoyer un double de
ce que j'ai remis dans le temps au Ministre. Personne n'a pu rejetter mon projet en connoissance
de cause, puisque personne ne connoît encore
ni ma vraie direction ni mes moyens. Si vous
croyez qu'il doive du moins être examiné et discuté, j'aurai l'honneur d'aller chez vous, lorsque
vous jugerez à propos de me donner votre jour
et votre heure.

J'ai celui d'être, &c. . . . Paris, le 20 septembre 1784.

M. de Morfontaine a répondu ainsi, le 22
suivant.

Paris, le 22 Septembre 1784.

J'ai reçu, Monsieur, et j'ai lu avec le plus
grand plaisir, votre projet du canal de navigation,
qui seroit effectivement de la plus grande utilité.
Cette idée est vraiment patriotique : beaucoup

B

de personnes l'avoient eue; mais aucune ne l'a-
voit perfectionnée, comme vous l'avez fait. Je
m'en occuperai sûrement avec grand plaisir, dès
que les circonstances seront favorables; en attendant, je vous serai très-obligé de vous occuper
d'un plan du cours de ce canal, des nivellemens
nécessaires, sur-tout des sommes à dépenser,
et des moyens d'en procurer la rentrée. Je vous
renvoie le projet que vous m'avez fait passer, et
je vous prie de me les renvoyer, après avoir mar-
qué sur la carte les lettres A et B, qui doivent
servir à faire connoître les endroits où vous comp-
tez prendre et laisser les eaux.

J'ai l'honneur d'être avec un sincere et
respectueux attachement, Monsieur,
votre très-humble et très-obéissant
serviteur. *Signé* LE PELLETIER.

Le premier décembre, M. Déssuile lui demanda un rendez-vous, et reçut le billet suivant,
daté par erreur de 1785; c'étoit encore 1784.

M. le Prévôt des marchands aura l'honneur
de recevoir M. Déssuile, mercredi prochain,
entre midi et une heure; il a bien du regret de
ne pouvoir le recevoir plutôt, ayant pris, pour
ces jours-ci, des engagemens pour affaires.

Ce samedi, 5 décembre 1785.

Dans cette conférence, il fut convenu que M. le Prévôt des marchands suppléeroit au silence de M. de Breteuil, causé par celui du Sr. Moreau, et qu'il écriroit une lettre qui fît un titre; ce qui fut fait. La lettre suivante eut lieu le 7.

Paris, le 7 Décembre 1785.

J'ai reçu, Monsieur, le plan du canal de décharge, dont vous proposez l'établissement: je suis très-touché des vues patriotiques qui ont dirigé vos opérations à cet égard. Je suis convaincu que tous les propriétaires des terreins qui se trouveront dans sa direction, s'empresseront de vous donner les facilités dont vous aurez besoin pour prendre les nivellemens nécessaires. Votre honnêteté est trop connue pour que vous éprouviez aucune difficulté de la part d'aucun d'eux. Si cependant cela arrivoit, vous voudriez bien m'en informer; j'en conférerois avec M. le baron de Breteuil, et prendrois avec lui les mesures nécessaires pour les faire cesser.

J'ai l'honneur d'être avec un sincere attachement, Monsieur, votre très-humble et très-obéissant serviteur. *Signé* LE PELLETIER.

M. Déssuile étoit prêt à continuer ses opé-

B 2

rations, lorsqu'il reçut ordre du Ministre de partir pour la Bretagne, le 24 janvier 1785. Il n'en revint qu'au mois d'août, et dès le mois de septembre, il continua la levée du plan. A peine il étoit fini que, dans le mois de mars 1786, il fit la plus forte partie des nivellemens, recommencés trois fois, parce qu'à travers les fauxbourgs St. Antoine, du Temple et St. Martin, il ne put opérer qu'en tâtonnant.

Une nouvelle mission l'ayant envoyé dans les Trois-Evêchés, suspendit son travail, qui d'ailleurs fut interrompu par une autre cause.

Le 22 août, M. de Calonne parla à M. Déssuile du projet de canal, présenté par le Sr. Brulé, et lui dit qu'il lui remettroit les pieces pour avoir son avis. Il l'oublia, et M. Déssuile aussi.

Dès le lendemain l'abbé de Calonne écrivit à celui-ci, et ajouta dans sa lettre........mon frere croit vous avoir communiqué des pieces relatives au projet d'un Sr. Brulé, pour avoir votre avis; il vous prie, Monsieur, de vouloir bien les lui rapporter.

Deux heures après, le même jour 23, autre lettre de l'abbé de Calonne, contenant ce qui suit:

Je vous ai parlé, Monsieur, dans la lettre que j'ai eu l'honneur de vous écrire ce matin,

d'un projet que mon frere croyoit vous avoir remis, et sur lequel il demandoit votre avis. Il vient
de les retrouver sur son bureau, et me charge de
vous les faire passer.

Cet avis fut envoyé, le 30 août 1786, au Ministre qui, le 2 septembre, combla d'éloges le
comte Déssuile sur la générosité de céder ses
droits au Sr. Brulé, se chargea d'en rendre compte
au Roi, d'en conférer avec M. de Breteuil, de
tout arranger avec le Prévot des marchands et
avec la ville.

OBSERVATIONS

SUR LE PROJET DU CANAL,

PRÉSENTÉ PAR LE SR. BRULÉ,

Faites en conséquence des ordres de M. le Contrôleur-général, reçus le 24 du présent mois d'août 1785.

LE canal de navigation de Paris aux rivieres de Marne et d'Oise, présenté par le Sr. Brulé, nous paroît utile, et digne de la protection du Souverain.

Ce projet n'est pas de lui: nous le prouverons; mais c'est lui à qui le hasard en avoit procuré les plans, qui l'a tiré de l'oubli, qui l'a présenté, qui a formé une compagnie pour son exécution. Ses titres sont suffisans.

Nous avons eu l'honneur, il y a deux ans, de proposer au Ministere un canal de décharge des eaux de la Seine, pour préserver la ville de Paris de toutes inondations, et faciliter la navigation de cette ville à St.-Denis. Nous l'avons prévenu que cette idée n'étoit point de nous; en effet, nous l'avions prise dans la même source où le Sr. Brulé a puisé celle de son canal; c'est ce qu'on verra incessamment.

Si le projet du Sr. Brulé est accepté (et nous le desirons), le canal que nous avons offert de construire, étant aussi proposé par lui, et faisant partie nécessaire de son plan général, il convient au bien public qu'il en ait la préférence. Une opération aussi importante ne sauroit être divisée.

Nous cesserons donc de nous en occuper jusqu'à ce que le Gouvernement se soit décidé. Si le Sr. Brulé, que nous n'avons jamais vu, ni connu en aucune maniere, est admis à construire son canal, nous lui remettrons volontiers tout le travail que nous avons fait pour la partie la plus urgente, celle depuis la Seine au-dessus de Paris, jusqu'à la Seine sous St.-Denis. Cette portion est devenue impossible par la route qu'il a tracée d'après les anciens plans, et ne peut plus être exécutée que selon la direction que nous lui avons donnée: c'est encore ce qu'on va voir.

Il y a plus de cent ans, qu'un canal pareil, mais plus étendu, fut proposé au Gouvernement, accepté et commencé. Les bois immenses de Villers-Cotterets, et qui y tiennent, en avoient donné l'idée. La riviere d'Ourques devoit être rendue navigable jusqu'à Lizy, d'où une branche communiqueroit à la Marne.

A Lizy, on la dévoyoit à mi-côte jusqu'à la

plaine de Triport, où l'on voit encore les vestiges du canal commencé. On arrivoit à Soully,
où l'on interceptoit les eaux de la Beuvronne; le
surplus tel que le Sr. Brulé le présente. Cette
entreprise n'ayant pas été suivie, quoiqu'elle fût
digne et du Souverain et de la Nation, M. le
duc d'Orléans fit exécuter ce qui regardoit la riviere d'Ourques, et y établit le canal de ce nom,
qui se verse dans la Marne.

Il existe encore plusieurs copies de ce beau
projet, dont une est entre les mains du Sr. Chal-
grin, architecte de Monsieur : nous en possé-
dons une autre, mais incomplette; cependant
elle contient tout ce que le Sr. Brulé offre d'exécuter. Nous avons l'honneur d'en mettre une copie sous les yeux de M. le Contrôleur-général.

Une autre preuve de l'ancienneté de ce projet, se tire du plan même du Sr. Brulé; il présente, sur la surface qu'il parcourt, une quantité
d'objets qui ont été changés ou détruits, il y a
plus de quarante à cinquante ans, et n'en mon-
tre pas plusieurs autres très-importans, établis
depuis ce temps.

Sa confiance dans l'ancien plan, l'a déterminé
à profiter, pour le canal qui doit communiquer
de la Seine au-dessus de Paris à la Seine près St.-
Denis, des fossés de l'arsenal, de la bastille et

de la porte St.-Antoine jusqu'auprès de la rue du Temple ; mais toute cette partie a été comblée ; plusieurs bâtimens y ont été placés ; des maisons nombreuses et importantes couvrent cette direction, autrefois presque toute en jardinage ; le travail dans des terres rapportées récemment, seroit aussi périlleux que dispendieux ; les indemnités seroient immenses ; enfin, l'angle que formeroit le canal avec la riviere à la prise d'eau, très-différent sur le terrein de ce qu'il est sur le papier, seroit presque quarré.

Nous pensons donc qu'il sera impossible de ne pas donner à ce canal l'emplacement choisi par nous, comme plus facile dans l'exécution et bien moins dispendieux.

L'utilité du projet du Sr. Brulé est évidente. La navigation de la Marne est toujours incertaine, pénible et lente, par les obstacles qu'elle rencontre dans les fréquens attérissemens qui s'y forment, dans les pertuis des moulins, dans ses nombreuses sinuosités.

Celle de Paris à Conflans Ste.-Honorine, n'est pas plus avantageuse : des circuits immenses la rendent, même dans les temps les plus favorables, d'une lenteur qui double les frais, et qui souvent expose Paris à manquer des denrées les plus nécessaires.

Enfin, la portion de Paris à Sève, dans trente ans, sera absolument nulle. Toutes les immondices dont la riviere se charge en traversant Paris, s'y déposent nécessairement, et son lit ne tardera pas à être comblé.

Le canal suppléera suffisamment à tout. Les bateaux souvent arrêtés pendant plusieurs semaines, par les grandes et basses eaux, arriveront à jour nommé. Deux chevaux de tirage leur feront parcourir, en un jour, le trajet qu'ils font à peine en quinze, avec vingt. Ces bateaux disjoints, disloqués sur le sable qu'ils touchent à chaque moment, seront toujours à flot dans le canal, et dureront le triple de temps.

Un avantage plus précieux, dont le Sr. Brulé n'a point parlé, c'est celui de vuider les eaux excessives de la Seine au-dessus de Paris, et de préserver cette ville des inondations qu'elle éprouve si souvent.

Nous pensons donc que le projet présenté par le Sr. Brulé, doit être accueilli, et qu'il mérite la protection du Souverain, en le conciliant avec le nôtre, dont il sera également chargé.

Nous nous permettrons quelques observations sur le dispositif des lettres-patentes.

ART. III. *Le Sr. Brulé aura quatre ans pour payer, à raison d'un quart par année, les indem-*

nités qui seront réglées, &c. Il paroîtroit juste qu'il payât les intérêts graduels aux propriétaires dépouillés de leurs terreins ; déja assez à plaindre d'avoir ce sacrifice à faire au bien public.

ART. VIII. *Le Sr. Brulé pourra remonter et descendre les bateaux qui passent par son canal, moyennant le prix qui sera convenu entre ses préposés et les maîtres des bateaux.* Ceux-ci ne seront-ils point exposés à des vexations ? Ne seroit-il pas plus expédient de régler le prix, par un tarif, de la longueur et largeur du bateau, et du nombre de pouces d'eau qu'il tire ? Rien ne seroit plus simple que ce calcul, et le public sauroit sur quoi compter.

ART. X. *Il est permis au Sr. Brulé de construire des moulins, sans préjudice de la bannalité qui pourroit appartenir aux Seigneurs voisins.* Il en résultera une grande perte pour les propriétaires des moulins non bannaux. On pourroit assujettir le concessionnaire à ne moudre aucuns grains des particuliers, mais seulement ceux pour l'approvisionnement des villes : il aura suffisamment d'occupation, et rien ne paroîtra injuste.

ART. XI. *L'estimation des terreins pris par le Sr. Brulé, sera faite par les commissaires nommés par S. M.* Cela rend illusoire la disposition de l'Article II, qui veut que cette estimation soit faite par des experts convenus par les parties, sinon nommés d'office. On croira peut-être dans le public, que c'est employer trop tôt l'autorité.

Il ne seroit pas inutile de prescrire le nombre d'années, dans lequel la confection devra être achevée; et nous croyons que, soit qu'il adopte le travail que nous avons fait, soit qu'il suive la direction ancienne pour la partie depuis Paris jusqu'à St. Denis, il doit être tenu de l'exécuter la premiere, et le plus promptement possible.

Paris, 30 août 1786.

P. S. M. de Calonne en approuvant, de la maniere la plus satisfaisante, le désintéressement du comte Déssuile, s'étoit chargé d'en rendre compte à S. M., d'en parler à l'Administration de Paris; et en conséquence, le comte Déssuile n'y a plus pris aucune part, mais n'en étoit pas moins prêt à continuer ses opérations au premier mot qui lui auroit été dit.

M. Déssuile, se croyant hors de tout intérêt à l'avenir, et ne voulant pas même informer le Sr. Brulé du service qu'il venoit de lui rendre, n'y pensoit plus, lorsqu'au mois d'avril 1787, des académiciens, ses amis, l'avertirent qu'on le taxoit d'une légéreté peu convenable pour un homme de son âge; c'est-à-dire, d'avoir, avec éclat, annoncé un projet impossible, et de s'être ensuite retiré clandestinement, &c.

Pour faire tomber ces bruits, il écrivit aux rédacteurs du journal, qui refusèrent d'insérer sa lettre, parce qu'il parloit des Ministres sans avoir leur attache. En conséquence, il en écrivit à M. Robinet pour avoir la permission de son maître. Ce commis, au bout de huit jours, manda que ce maître ne gênoit point les rédacteurs pour le choix de leurs pieces, et qu'il ne pouvoit pas leur ordonner d'insérer la lettre. On n'en demandoit point l'ordre, mais la permission. M. Déssuile s'adressa à M. de la Goupilliere, qui sur le champ obtint l'agrément de M. le Prévôt des marchands. La lettre fut imprimée sur demi-feuille de supplément aux frais de M. Déssuile; et elle lui coûta 120 livres. Elle suit.

SUPPLÉMENT

AU N°. 149 DU JOURNAL DE PARIS.

Mardi, 29 Mai 1787.

AUX AUTEURS DU JOURNAL.

A Paris, le 6 Mai 1787.

MESSIEURS,

J'ai lu, il y a quelque temps, dans votre journal, l'extrait d'un mémoire de M. de Bory, Chef d'escadre, &c. sur la possibilité d'agrandir Paris, sans en reculer les limites, et de creuser un canal depuis Charenton jusqu'à St. Denis, pour empêcher les inondations dans les grandes eaux, et faciliter l'approvisionnement de Paris. Vous avez ajouté, Messieurs, qu'il étoit imprimé in-4°. ; je l'ai fait chercher inutilement chez tous les Libraires de la ville.

La premiere partie de ce mémoire m'est étrangere ; je crois même qu'il seroit plus utile de restreindre Paris, que de l'agrandir. Mais l'opération proposée par M. de Bory me paroît très-avantageuse à d'autres égards. Rassembler une grande rivière dans un seul cours, est l'unique moyen de la garantir des encombremens, des attérissemens qui rendent presqu'inutiles au commerce une partie de celles du royaume, et particulièrement la Loire. J'aurai incessamment l'honneur de proposer au ministere, des moyens plus profitables que dispendieux, qui, vraisemblablement, suffiroient pour rendre à cette riviere un véritable cours propre en tout temps à la navigation.

La seconde partie de ce mémoire m'intéresse personnellement. J'ai eu le bonheur de préparer l'exécution de ce qu'a pensé et dit un citoyen respectable par son rang, et digne, par ses lumieres et par son zele pour le bien public, de l'estime et de la reconnoissance de la nation. J'ai proposé, en février 1784, au Gouvernement, d'exécuter le projet de M. Bory, sans savoir qu'il s'en fût occupé; et le Gouvernement n'en avoit sans doute encore aucune connoissance. Mais j'ai eu soin de dire, dans les mémoires que je remis en même temps à divers ministres, ce qui suit:

« Cette idée n'est point neuve, quelques sa-
« vans l'ont eue, & l'ont communiquée aux Pré-
« vôts des Marchands, alors en place ; mais

« comme simple idée, sans en avoir recherché
« tous les avantages, et sans avoir proposé au-
« cuns moyens pour subvenir à la dépense ».
*C'est vraisemblablement M. de Bory qui leur en
avoit parlé.*

Voici, Messieurs, dans quelle source je l'avois
puisée : chargé par le Ministre, en 1771, d'aller
vérifier un projet de canal proposé au-dessus de
Bourges, il m'en communiqua plusieurs autres,
l'un desquels présentoit un canal de navigation,
de la Haute Marne jusqu'à la Seine prise à son
confluent, avec la riviere d'Oise, toujours à mi-
côte sur la rive droite, et indépendant de la
Marne. Il contenoit une communication de la
Seine, prise par les anciens fossés de la Bastille, à la Seine, près St. Denis. J'en levai une copie que j'oubliai totalement ensuite. Ce plan est
encore au contrôle général, et il en existe deux
autres copies, l'une entre les mains d'un Architecte de Monsieur; l'autre entre celles du sieur
Brulé, ancien et habile charpentier.

La grande inondation de l'hiver de 1783 me
rappella ce projet. J'allai sur les lieux, dont la
submersion ne tarda pas à m'indiquer la princi-
pale utilité du canal ci-dessus. Dès le lendemain,
je commençai un nivellement provisoire, qui me
démontra la possibilité de cette opération. Je
dressai

dressai le mémoire dont je viens de parler, et je le fis parvenir au ministere, intitulé comme il suit :

Projet d'un canal de décharge de la Seine prise à la Garre, au-dessus de Paris, à la Seine près de St. Denis.

1°. Pour débarrasser la ville de Paris des eaux excessives ou débordemens de la Seine, ainsi que des débacles de glaces de cette riviere.

2°. Pour établir une navigation certaine et facile de St. Denis à Paris.

3°. Pour procurer à la capitale des eaux pures et abondantes (1).

4°. Pour assurer la mouture d'une grande partie des blés existans à Paris, par la construction de vingt-quatre moulins indépendans de la Seine.

5°. Je proposai enfin l'établissement d'un entrepôt, où les Négocians pourroient mettre en sûreté toutes leurs marchandises, aussi long-temps qu'il leur seroit nécessaire : c'est le terrein de l'ancienne Garre qu'on fermeroit de murailles, &c. Ce mémoire fut discuté en ma présence par

(1) Au moyen d'une machine nouvelle, mise en mouvement à la prise d'eau du canal. J'en ai exécuté le modele en proportion de six lignes pour pied.

C

l'administration supérieure, qui approuva que je levasse les plans, &c. Il parvint ministériellement au Sr. Moreau, Architecte de la ville, pour avoir son avis, que je ne sollicitai pas, parce que je n'ai jamais rien sollicité, et qui, je crois, ne l'a jamais donné.

M. le Prévôt des Marchands actuel étant arrivé en place, j'eus l'honneur de lui en écrire, avec la confiance que m'avoient inspirée l'accueil et les secours que j'en avois reçus pour établir le partage des Communes dans sa Généralité. Sa réponse, dictée par son zele ardent pour tout ce qui peut être utile, m'encouragea, et je commençai promptement, avec deux aides, le plan du cours du canal. L'administration m'ayant envoyé en Bretagne, dès le mois de janvier 1785, une absence de plus de sept mois interrompit ce travail, repris à mon retour, et totalement fini dans la même année. En 1786, je commençai les nivellemens difficiles dans des terreins couverts de maisons et de clôtures ; ils furent aussi interrompus par une nouvelle mission qui me conduisit dans les Trois Evêchés et la Lorraine. Si, depuis le commencement de cette année, je ne les ai point continués, c'est parce que je croyois n'y avoir plus de droit. Je vais m'expliquer.

Au mois d'août dernier, l'administration voulut bien demander mon avis sur un projet d'amener à Paris la riviere de Beuvronne, qui passe
à Claye, route de Meaux, et m'en communiqua
les plans que lui avoit présentés le Sr. Brulé,
dont j'ai parlé ci-dessus. Ces plans sont une partie de l'ancien projet de canal de la Haute-Marne
à la Basse-Seine, qui m'avoit été communiqué
en 1771. Quoique le Sr. Brulé n'en paroisse pas
l'auteur, il n'en a pas moins le mérite de l'avoir
proposé, d'avoir formé une compagnie pour
l'exécuter. Mon avis lui a été totalement favorable; j'y ai même ajouté que la partie du travail
dont il se chargeoit étant la plus considérable,
y ayant d'ailleurs de très grands inconvéniens à
admettre deux compagnies pour ce qui doit ne
faire qu'une opération, je me désistois en sa faveur du canal que j'avois proposé, offrant de lui
remettre gratuitement tout mon travail.

Ni le Sr. Brulé, ni aucun membre de sa compagnie n'en a jamais rien su : c'est par ma présente lettre qu'ils l'apprendront.

Si leur projet est admis, ils doivent tout faire;
si leur projet est rejetté, je reprends mes droits;
mais pour offrir également et gratuitement à la
compagnie qui se présente pour le canal de la
Seine, au-dessus de Paris, à la Seine près Saint

Denis, le plan de tout son cours, que j'ai levé avec la plus grande exactitude, une partie du nivellement et les renseignemens qui dépendront de moi, dans le cas où le Gouvernement la préférera à celle que j'avois annoncée; il m'importe peu par qui le bien soit fait, pourvu qu'il le soit; trop heureux d'y contribuer par un travail opiniâtre de plus de six mois, et toute la dépense qui en a résulté. Voilà, Messieurs, les motifs qui ont arrêté mes opérations. Il me seroit agréable de les continuer, si le Gouvernement rejette le projet concernant la Beuvronne, et je trouverois promptement une compagnie pour en faire l'entreprise; mais je serai consolé d'en voir préférer d'autres, si ce que j'ai déja fait peut leur être utile.

Je dois observer à la compagnie qui se présente qu'elle a donné, ainsi que M. Brulé, trop de confiance à l'ancien plan dont j'ai parlé, et qu'elle n'a rien vérifié sur les lieux; elle propose encore sa prise d'eau par les fossés de la Bastille: cela avoit été très-bien vu et étoit possible avant la démolition de la porte St. Antoine. Tous ces fossés ont été comblés; des établissemens de toutes les sortes ont tout changé dans cette partie, et l'on ne peut plus y ouvrir un canal.

On ne peut point le faire partir de Charenton;

la plus légere inspection du local suffit pour le prouver. Mais tout est facile et peu dispendieux en le prennant à la Garre. C'est la direction que je lui ai donnée. Je vous prie de vouloir bien rendre ma lettre publique aussi-tôt qu'il sera possible, ne sachant ni les noms ni les demeures des personnes qu'elle peut intéresser.

J'ai l'honneur d'être, &c.

Signé le Comte DÉSSUILE.

(N°. 11) *Lettre à M. de Villedeuil, Contrôleur Général.*

(*N^a.* Il crut ne devoir pas y répondre, lui qui, dix ans auparavant, avoit vivement réclamé nos bons offices, et en avoit avoué l'utilité.)

MONSIEUR,

Plusieurs de vos lettres, que j'ai conservées avec soin, me rappellent le temps où vous m'honoriez de quelque confiance. Je crois vous prouver que je la mérite encore, en mettant sous vos yeux mes observations sur le canal royal, dont un arrêt du 13 septembre dernier a ordonné la construction.

Vous y verrez qu'il ne remplira pas vos vues de bienfaisance. J'avois des droits antérieurs à ceux du Sr. Brulé. J'ai voulu les faire valoir; on est parvenu à m'écarter. J'ai l'honneur, M., de vous offrir d'y renoncer en faveur du Sr. Brulé, et ne lui demande que le remboursement de 3000 liv., que j'ai dépensées en levées de plans, en nivellemens commencés, &c.

Ou, si vous le préférez, je présenterai moi-même une compagnie, et me chargerai de l'exécution de la partie de Paris à St. Denis, selon mon projet.

J'ai eu, Monsieur, pendant votre ministere des finances, l'honneur de vous présenter mon travail sur les forêts du Roi, en 1786, et de vous montrer les titres de ma mission, en réclamant le traitement qui m'étoit dû pour cette année et la précédente; on est parvenu à me le faire perdre.

Je me propose de mettre sous les yeux des Etats-généraux le précis de mon travail sur les forêts du Roi, dans les cinq missions que j'ai reçues de quatre Contrôleurs généraux, depuis vingt-deux ans, et de leur faire connoître les vices de cette administration, même les torts des Administrateurs.

J'ai l'honneur d'être, &c.

(Nº. 12.) *A M. Necker, 15 février, idem.*

MONSIEUR,

Vous avez fait autoriser, par un arrêt du 13 septembre dernier, la construction du canal proposé à M. de Calonne, par le Sr. Brulé. Une partie de ce canal peut être utile ; l'autre paroît nuisible à la ville de Paris.

J'ai l'honneur, Monsieur, de vous adresser mes observations sur cet objet important, que vos occupations ne vous permettent pas de discuter dans le moment ; mais j'ose vous inviter à ordonner qu'il soit sursis à toutes opérations relatives, jusqu'à ce que vous ayez pu donner une attention suffisante.

J'ose aussi vous prévenir que, si vous interrogez à ce sujet les artistes chargés de la construction de cette entreprise, leur désir de montrer aux yeux de la cour et de la ville des talens qu'on ne leur a point encore connus en matiere hydraulique, les déterminera à préférer les moyens les plus difficiles, croyant trouver plus de gloire à vaincre la nature, qu'à faire des choses simplement utiles.

Je suis avec respect, &c.

(N°. 13.) *A M. Coster l'aîné, 15 février 1787.*

Vous vous intéressez vivement, Monsieur, à tout ce qui peut faire le bien public, et augmenter la gloire de M. le Directeur général des finances. J'ai fait mes preuves de citoyen zélé, et la gloire de M. Necker ne m'est point indifférente, malgré l'injustice qu'il m'a faite pendant son premier ministere. Il s'est laissé induire en erreur par MM. de Beaumont et de Forges, mes ennemis irréconciliables, s'avouant tels, et cependant mes juges.

M. le Directeur général a fait autoriser, par un arrêt du 13 septembre dernier, la construction du canal royal, projet nuisible à la ville de Paris, et qui mérite si peu la confiance publique, que les entrepreneurs ne pourront jamais le conduire à sa fin.

De Paris à St. Denis, dans un espace de deux lieues sans montagnes, où l'on trouve seulement une élévation de terrein de soixante pieds au plus, on établit un canal hérissé de vingt-trois écluses au moins; on sacrifie l'utilité publique, le salut même d'une partie de la ville à la gloire futile et odieuse de montrer au habitans de la

Capitale qu'on sait faire des écluses, monter et descendre des bateaux, &c.

Mais que porteront-ils, ces bateaux, par une route à chaque instant obstruée par des obstacles factices, établis exprès pour prouver qu'on sait vaincre la nature? la subsistance journalière d'un million d'individus, toutes les marchandises dont ils auront besoin; et si, sur les vingt-trois écluses, même plus, une seule manque, Paris manquera de subsistances, &c.

Non, Monsieur, cette opération là n'est pas digne de M. Necker. Ses soins actuels ne lui permettent pas de s'en occuper dans le moment; mais il peut faire surseoir à tout ce qui y est relatif.

Mon projet est, je crois, préférable pour la partie de Paris à St. Denis. J'y renonce, si l'on veut que ce soit le Sr. Brulé qui l'exécute; mais je pense qu'on me fera rendre les 3000 liv. que j'ai déboursées. Si M. Brulé le refuse, je me chargerai de son exécution, et je présenterai une compagnie.

A l'égard des 3000 liv., j'insiste : c'est assez qu'on m'ait fait perdre le traitement qui m'étoit promis pour mon travail en Bretagne et dans les Trois-Evêchés, en 1786 et 1787, et qu'on m'ait réduit à me retirer dans un village. Je rendrai

compte aux Etats généraux de mes divers missions, et je leur ferai connoître la conduite des
administrateurs, dans la partie des bois.

J'ai l'honneur d'être, &c.

(N°. 14.) *A M. l'Archevêque de Tou-
louse, 28 juin 1787.*

MONSEIGNEUR,

Le Sr. Brulé sollicite l'expédition de lettres-
patentes concernant la construction d'un canal
qu'il a proposé en 1786, dont la partie la plus
importante s'étend depuis les fossés de la Bastille, jusqu'auprès de St. Denis.

J'avois, Monseigneur, proposé cette même
partie en 1784; je vous supplie de croire que je
ne réclame pas la préférence qui m'étoit due;
que je ne prétends pas priver le Sr. Brulé de cette
entreprise.

Mais il importe infiniment à la sûreté de la ville
de Paris, à l'avantage du commerce, j'ose même
dire à la gloire de l'administration actuelle, que
vous me fassiez l'honneur de m'entendre, avant de
faire expédier les lettres-patentes présentées par
le Sr. Brulé. Son projet et le mien, en suivant les

mêmes directions, sont absolument différens.
Mon canal doit servir de trop plein à la Seine,
au-dessus de Paris, et vuider les eaux excessives qui y forment souvent des inondations immenses; il doit même détourner les glaces, qui y
occasionent, par leur débacle, tant d'accidens et
de malheurs divers. Il procurera de Paris à St.
Denis, une navigation facile, au moyen de trois
écluses seulement.

Celui du Sr. Brulé rend à jamais impossible
de détourner ni les eaux ni les glaces, qui déso-
lent la capitale presque tous les ans, et ne présente
qu'une navigation obstruée par vingt écluses à
monter et à descendre, et dont les frais et les inconvéniens seront également ruineux.

Si vous voulez, Monseigneur, me faire l'honneur de m'entendre, un quart-d'heure sera bien
plus que suffisant, pour vous démontrer la vé-
rité de ce que j'ai l'honneur de vous dire. Il s'a-
git d'une opération, qui, bien faite, éternisera la
reconnoissance publique, due à ceux qui l'auront
ordonnée et protégée, mais qui, conduite sur
des principes faux, causeroit de longs murmu-
res.

J'ai l'honneur de vous le répéter, Monseigneur;
ce n'est point une préférence que je vous demande. Si vous approuvez mes observations, vous

ferez exécuter par le Sr. Brulé, ou par tel autre que vous préférerez : je lui remettrai tout mon travail. Dans le cas où vous trouverez juste qu'il m'indemnise, tous mes déboursés réels ne montent qu'à 2800 liv.; si vous desirez m'entendre, je vous prie de faire indiquer le lieu, le jour et l'heure.

Je suis avec respect, &c.

M. l'Archevêque n'ayant point répondu, le Comte Déssuile lui écrivit le 17 juillet, une lettre plus détaillée, aussi sans réponse. Enfin, le 29 il lui présenta un mémoire très-court, contenant sa soumission de continuer les nivellemens et dévis, de construire le canal, et de présenter, dans le cours d'un mois, une compagnie solide et formée de personnes connues. Il ne put encore obtenir aucune réponse.

LETTRES-PATENTES

COMMUNIQUÉES

AU PRÉVÔT DES MARCHANDS,

Le 10 Avril 1787.

LOUIS, par la grace de Dieu, Roi de France et de Navarre, à tous présens et avenirs, salut. Constamment occupés du bonheur de nos sujets, et de ce qui peut contribuer à la prospérité de notre Etat, nous serons toujours disposés à encourager, par notre protection, les entreprises utiles au public, et sur-tout celles qui tendent à l'augmentation du commerce et à l'amélioration de l'agriculture; il n'en est point qui nous paroissent plus propres à remplir ces objets, que la construction des canaux, qui, en facilitant le transport des denrées et autres marchandises, peuvent en même temps fertiliser les terres par des arrosemens. L'affection particuliere que nous avons pour notre bonne ville de Paris, rend à nos yeux ces avantages plus précieux encore, lorsqu'ils servent à rendre plus sûre et plus abondante l'arrivée des provisions nécessaires aux habitans de notredite ville, et qu'ils en diminuent la chereté; c'est par ces considérations que nous avons favorablement reçu la requête qui nous a été présentée, et les offres qui nous ont été faites par notre cher et bien-amé le sieur Jean-Pierre Brulé, pour la construction d'un canal de navigation, et d'arrosement de Paris à Conflans, Ste.-Honorine, en passant devant la ville de St.-Denis. Le Sr. Brulé nous a fait exposer qu'ayant été, dès sa jeunesse, instruit et exercé dans les travaux des ponts et chaussées, et dans les entreprises soumises aux regles de l'art hydraulique *, il a cru ne pouvoir faire un meilleur usage des connoissances qu'il a acquises par une expérience de plus de trente années, que de les employer à trouver les moyens de surmonter les obstacles qui retardent, pendant une partie de l'année, l'arrivée des denrées et marchandises qui viennent à Paris, par la riviere de Seine. Le long du cours de cette riviere, depuis Conflans - Ste.-Honorine, en rend la navigation longue et pénible dans tous les temps de l'année; et pendant l'été, la sécheresse l'interrompt entièrement dans cette partie de la Seine, qui n'a pas encore reçu les eaux de la riviere d'Oyse:

* Le Sr. Brulé, dans sa jeunesse, et jusqu'à sa maturité très-complette, étoit charpentier.

l'on ne connoît que trop d'ailleurs les fâcheux accidens causés par les débordemens et par les fontes subites des glaces pendant l'hiver, ensorte que, dans les années les plus abondantes, la ville de Paris souffre souvent une espece de disette pendant les basses eaux de l'été ; et que, pendant l'hiver, les bateaux qui apportent les provisions, sont exposés aux plus grands dangers *. La considération de ce dernier inconvénient avoit porté le feu Roi, notre auguste aïeul, à ordonner la construction d'une garre dans la plaine d'Yvry ; mais différens obstacles ayant empêché l'exécution de cet ouvrage, le trop grand nombre de bateaux qui arrivent à la fois par les rivieres de Seine et de Marne, ne permettant pas qu'ils puissent trouver place dans les ports de la ville, où le lit de la riviere est trop resserré, la plus grande partie reste exposée à des événemens qu'on ne peut ni prévoir ni prévenir. Depuis long temps on a reconnu que la construction d'un canal, depuis *Paris jusqu'à l'endroit où l'Oyse se joignant à la Seine, la rend navigable dans tous les temps de l'année, seroit le seul moyen de remédier à tous ces*

---

* Ici le Sr. Brulé convient de la cruelle situation de Paris dans les débordemens, dans les fontes subites des glaces, &c.; et dans tout ce qu'il a proposé, rien n'y apporte le plus léger remede.

inconvéniens *; et divers projets ont été présentés, à cet effet, à nous et aux Rois, nos prédécesseurs; mais aucun n'a pu, jusqu'à présent, être exécuté. L'examen que nous avons fait faire du projet du Sr. Brulé, tant par les commissaires de l'Académie des sciences, que par les ingénieurs des ponts et chaussées, et le rapport favorable qu'ils nous en ont fait, nous ont donné la satisfaction de voir que l'exécution en est sûre et sans obstacles considérables; qu'il réunit le double avantage de rendre la navigation plus facile **, et de pouvoir servir à l'arrosement des terres; et qu'en même temps, il procure de nouveaux embellissemens à notre bonne ville de Paris. Les eaux nécessaires pour soutenir la navigation de ce canal, seront fournies par la riviere de Beuvronne, dont les eaux prises au pont de Souilly, et augmentées par celles des différentes sources qui se déchargent dans cette riviere, fourniront un volume de dix-huit cents pouces, qui sera conduit au haut du fauxbourg St. Laurent par un canal depuis les bords de la riviere de Marne, prise entre Fresne et Anet, jusqu'à

---

* Le projet de M. Brulé ne remédie à aucun.

** Une navigation hérissée de treize écluses selon lui, et vraiment de plus de vingt, sera-t-elle plus facile que le passage de deux ou trois ponts?

Paris ;

Paris; les eaux de la riviere de Beuvronne, étant arrivées au fauxbourg St. - Laurent dans un endroit élevé de soixante-quinze pieds * au-dessus du niveau de la Seine, serviront à remplir le canal qui descendra du côté du midi au bastion de l'arsenal, en passant devant l'hôpital St. Louis, par les marais du Temple, ceux de la porte St. - Antoine, et par les fossés de la Bastille; et de l'autre côté au nord, sera conduit à Conflans-Ste. - Honorine, en passant entre les villages de la Villette et de la Chapelle, en côtoyant l'avenue de St. - Denis, et traversant la route après cette ville. La partie du canal qui traversera les fauxbourgs de Paris, et dont la largeur sera de huit toises, sera revêtue de pierres de taille des deux côtés; il sera formé des quais bordés de magasins où toutes especes de marchandises pourront être commodément déchargées et mises à couvert, et l'on construira en outre deux bassins qui pourront recevoir un grand nombre de bateaux et faciliter leur déchargement: l'autre partie du canal qui s'étendra depuis le faux-

* Ici le Sr. Brulé donne soixante-quinze pieds d'élévation à son réservoir au fauxbourg St. - Laurent; dans l'écrit ci-après, intitulé *District S. Gervais*, il ne lui en donne à la Villette, nécessairement plus élevé, que soixante.

D

bourg St. Laurent jusqu'à Conflans-Ste. Honorine, sera large de douze toises * ; des ponts seront construits dans tous les endroits où ils seront nécessaires pour la communication des routes; des anses seront pratiquées de distance en
distance, afin que les bateaux puissent s'y retirer lorsqu'ils rencontreront d'autres bateaux, et
prévenir ainsi les embarras qui pourroient se
trouver à leur passage : par ce moyen la navigation de Conflans à Paris, ne sera jamais interrompue, et sera abrégée de cinq sixiemes.

Les bateaux n'éprouveront plus aucuns retards; ils trouveront dans le canal une garre assurée dans tous les temps de l'année; et les bords
de la riviere, dans l'intérieur de la ville, seront
débarrassés de la multitude de chevaux employés
à les tirer. D'un autre côté, les eaux de la riviere
de Beuvronne à Paris, formeront un canal qui,
en établissant une communication directe de la
riviere de Marne au fauxbourg St. - Laurent,
abrégera considérablement la navigation de cette
riviere, et donnera aux habitans des campagnes
des environs le moyen d'apporter leurs denrées à
Paris plus facilement et avec moins de frais, et
d'en remporter les engrais nécessaires pour ferti-

---

* Dans son dernier projet, il l'a réduit à la largeur
nécessaire pour le passage d'un bateau.

liser leurs terres. Deux autres objets également dignes de notre attention, sont l'économie dans l entretien des grandes routes, sur·tout aux approches de Paris, et la diminution sensible des hommes et des chevaux rendus, par ce moyen, aux besoins de l'agriculture. La considération des avantages que les habitans de notre bonne ville de Paris et des environs, retireront dudit canal, nous à déterminés à en autoriser la construction, et à donner les encouragemens et les privileges, qu'il est de notre justice et d'usage d'accorder aux entreprises de cette nature. A ces causes et autres à ce nous mouvant, de l'avis de notre Conseil qui a vu les plans desdits canaux, ci-attachés sous le contre-scel de notre Chancellerie, et de notre grace spéciale, certaine science, pleine puissance et autorité royale, nous avons dit et ordonné; et par ces présentes signées de notre main, disons et ordonnons ce qui suit.

ARTICLE PREMIER.

Nous avons permis et permettons au Sr. Brulé de faire construire, à ses frais et dépens, suivant ses offres, un canal de navigation de Paris à Conflans-Ste.-Honorine, passant devant la ville de St.-Denis, auquel lieu il sera formé une branche de canal de dérivation, qui descendra dans la ri-

viere de Seine; autorisant, à cet effet, ledit Sr.
Brulé de prendre, pour alimenter en partie ledit
canal, les eaux des rivieres de Crone et de Gonesse, ainsi que tous les autres courans d'eau,
étangs et réservoirs, qui pourront être conduits
dans toute l'étendue dudit canal, lequel sera
nommé *Canal de Louis XVI;* lui permettons
pareillement de construire un autre canal de navigation, qui prendra les eaux de la riviere de
Beuvronne au-lieu de Gressy, près du pont de
Souilly, et les conduira, ainsi que toutes les eaux
des sources et courans qui seront à portée dudit
canal, venant d'un côté au haut du fauxbourg
St.-Laurent, pour être versées dans le canal de
Paris à Conflans-Ste.-Honorine, et de l'autre
côté jusqu'au bord de la riviere de Marne, entre
Fresne et Anet, où il sera formé une autre branche de canal, qui sera alimentée en partie par
les eaux de la Marne, à l'effet de faciliter et abré-
ger la navigation de cette riviere à Paris.

ART. II. Autorisons pareillement le Sr. Brulé
à prendre les terreins qui se trouveront dans l'a-
lignement des canaux, qui seront nécessaires,
tant pour leurs lits que pour les francs-bords,
chemins de hallages, quais, magasins, halles,
bassins, réservoirs, étangs, rigolles de dérivation et tous autres, suivant les plans et devis re-

mis au Contrôleur-général de nós Finances; autorisons même le Sr. Brulé à faire abattre et dé-
molir les maisons et moulins qui se trouveront
dans ledit alignement; lui permettons pareillement de prendre les eaux des rivieres de Beuvronne, Crone, Gonesse, ruisseaux, sources,
étangs et courans d'eau qui se trouveront aux
environs desdits canaux, dans toute leur étendue, et de se servir de tous étangs, réservoirs
et retenues d'eau, à quelques personnes qu'elles
appartiennent: le tout à charge par ledit Sr. Brulé,
d'indemniser les propriétaires, à dire d'experts
dont les parties conviendront, sinon nommés
d'office par les Commissaires de notre Conseil,
par nous députés à cet effet.

ART. III. Voulons que les paiemens des sommes qui seront réglées pour les indemnités, se
fassent en quatre années; savoir, un quart un an
après la liquidation des indemnités opérées, et
ainsi continuées d'années en années jusqu'à l'entier acquit desdites indemnités: sera tenu ledit
Sr. Brulé de faire publier, deux mois avant chaque paiement, par trois dimanches consécutifs,
aux sieges et paroisses où lesdits héritages seront situés, le temps auquel devra se faire chaque paiement avec les intérêts d'iceux; et s'il ne
se trouve aucune opposition de la part des créan-

ciers des propriétaires, ledit Sr. Brulé demeure autorisé à faire ledit paiement dont il sera bien et valablement quitte et déchargé. Ordonnons cependant que, s'il se trouvoit quelques biens appartenans à des communautés séculieres et régulieres, et autres gens de main-morte, qui eussent été pris pour la confection desdits canaux et de leur dépendance, les sommes réglées pour l'indemnité desdits biens, seront versées dans notre trésor-royal, dans les temps ci-dessus fixés, pour être converties en rentes au profit desdites gens de main-morte, conformément à l'Edit du mois d'août 1749.

ART. IV. Permettons au Sr. Brulé de prendre les terreins, moulins et autres bâtimens appartenans à notre domaine, s'il s'en trouve quelques-uns dans l'alignement desdits canaux et de leur dépendance, sans que pour raison desdits terreins, moulins et bâtimens, il soit tenu de payer aucune indemnité; desquels nous lui faisons don et remise en considération de l'utilité de son entreprise.

ART. V. Permettons pareillement audit Sr. Brulé de prendre les bois, pierres, grais, glaises, sable, terres propres à faire de la brique, conrois et autres matieres nécessaires pour la construction desdits canaux, en payant les dédommagemens convenables, qui seront réglés de la maniere portée dans l'Article II des présentes.

ART. VI. Accordons au Sr. Brulé l'exemption de tous droits de nos fermes pour les matériaux qui seront employés aux canaux, écluses, ponts, quais, magasins et autres bâtimens en dépendans: tels que charbon de terre et de bois, soit qu'ils proviennent du royaume ou de l'étranger, pierres, chaux, sables, fers, plombs, fontes, cuivres, bois de construction, tuiles, ardoises, carreaux, lattes et toutes autres matieres, en justifiant de leur destination et de leur emploi.

ART. VII. Nous avons érigé et érigeons en fief relevant immédiatement de nous, avec toute justice haute, moyenne, basse et mixte, tous les terreins sur lesquels seront construits lesdits canaux, bassins, ports, garres, étangs, réservoirs, retenues d'eau, quais et francs-bords, les magasins, maisons, halles, moulins et autres bâtimens en dépendans; lesquels, à cet effet, nous voulons être distraits et affranchis de la mouvance censive et justice des Seigneurs dont ils se trouveront relever, en les dédommageant suivant ce qui sera réglé par les Commissaires de notre Conseil; faisant don et remise audit Sr.

Brulé de l'indemnité qui pourroit nous être due pour les objets relevant de nous et de notre domaine: et le déchargeons du droit de franc-fief et nouvel acquêt pour les acquisitions des terreins dudit canal et de ses dépendances.

ART. VIII. Attribuons audit Sr. Brulé et à ses ayans-cause, le pouvoir de tenir sur lesdits canaux, exclusivement à tous autres, des moulins, coches, galiotes, bacs et bateaux pour le transport des personnes et marchandises, dont les droits de voiture seront fixés par un tarif annexé aux présentes, ainsi que de remonter et descendre les bateaux qui passeront par lesdits canaux, moyennant le prix qui sera convenu entre les maîtres des bateaux, et les préposés dudit Sr. Brulé.

ART. IX. Autorisons ledit Sr. Brulé et ses ayans-cause à établir les directeurs, receveurs, inspecteurs, éclusiers, et autres commis nécessaires pour la perception des droits, et pour le succès de l'entreprise, lesquels jouiront des prérogatives et privileges accordés aux employés de nos fermes; pourra pareillement établir le nombre de gardes qu'il jugera à propos, pour la conservation des ouvrages, lesquels seront armés de pistolets seulement, et auront le droit de porter la bandouilliere à nos armes, de dresser procès-verbal des délits qui pourroient être commis, et de mettre à exécution tous les mandemens, ordonnances, sentences et arrêts concernant la navigation et la conservation des ouvrages desdits canaux : à l'effet de quoi ils seront tenus de prêter serment devant le juge, leur justicier; et seront, lesdits commis et gardes, taxés d'office à la taille, par M. l'Intendant de la généralité de Paris.

Art. X. Permettons audit Sr. Brulé de faire sur les bords desdits canaux, tous les établissemens nécessaires ou utiles, tant pour la navigation, la pêche et curage, même d'y faire construire des moulins dans les endroits qu'il jugera convenables, tant sur ledit canal, que sur les rivieres de Marne, près son embouchure, et sur celle de Seine, vis-à-vis la ville St. Denis et Conflans-Ste.-Honorine, sans préjudice de la bannalité qui pourroit appartenir aux Seigneurs voisins.

Art. XI. Voulons et ordonnons que l'estimation des indemnités qui seront dues pour dédommager les propriétaires des terreins, des maisons, moulins, et autres héritages qui se trouveront dans l'alignement desdits canaux et leurs dépendances, ainsi qu'aux Seigneurs, pour la distraction qui sera faite de leurs fiefs, à cause

de l'érection de celui que nous avons fait par
l'article VII des présentes, et généralement de
toutes autres indemnités, de quelque nature
qu'elles soient, soit faite pardevant les Srs.

que nous avons nommés et députés commissaires à cet effet, et que
nous avons autorisés & autorisons à juger exclusivement à tous autres juges en dernier ressort,
les contestations qui pourroient s'élever au sujet
desdites estimations, ainsi que toutes celles qui
pourroient survenir relativement à la construction desdits canaux; n'entendons que lesdites
contestations, ni aucuns autres différens et oppositions de quelque nature qu'elles soient, puissent, sous aucun prétexte, arrêter les travaux,
que nous voulons être continués sans interruption, sauf les dédommagemens qui pourront
être dus à ceux qui auront droit d'y prétendre.

ART. XII. Voulons que ledit Sr. Brulé et ses
ayans-cause jouissent à perpétuité, et en pleine
propriété du fonds et très-fonds desdits canaux,
bassins, francs bords, étangs, réservoirs, rigoles de dérivations, et de tous les autres terreins
dépendans desdits canaux, ainsi qu'ils sont désignés dans l'art. II, des présentes pour les posséder à toujours à titre de fief, ou en disposer

ainsi qu'il le jugera à propos, sans que nous, ni les Rois, nos successeurs, puissent réunir à notre domaine les terreins ou autres objets qui se trouveroient avoir été compris dans l'alignement desdits canaux et de leurs dépendances, dont nous avons fait don au Sr. Brulé par l'art. IV des présentes, ni que, pour raison de ce, il puisse être imposé, dans quelque temps, et sous quelque prétexte que ce soit, aucuns droits ou redevance de quelque nature qu'ils puissent être.

ART XIII. En considération de l'utilité de cette entreprise, et des avantages que le public en doit retirer, nous avons accordé et accordons au Sr. Brulé l'exemption, à compter d'aujourd'hui, et continué encore pendant trente autres années suivantes à compter du jour où la navigation sera libre dans toute l'étendue desdits canaux, de tailles, vingtièmes imposés et à imposer par la suite, et de toutes autres impositions territoriales pour les canaux, ainsi que pour la totalité des terreins en dépendans, et pour les magasins, halles, moulins, et tous autres bâtimens qui seront construits sur lesdits terreins, soit qu'ils restent en la possession dudit Sr. Brulé, ou qu'il juge à propos de les vendre.

ART. XIV. Lui accordons pareillement l'exemption des droits qui peuvent nous être dus,

tant pour le marc d'or des présentes, que ceux
des lods et ventes pour les acquisitions relevant
de notre domaine, et pour toutes les acquisitions,
telles qu'elles soient, des droits d'insinuations
ou centieme denier, lettres de ratification, et généralement de tous autres droits ; modérant et
fixant à cinq sols les droits de contrôle pour cha-
cun des actes qui seront passés relativement auxdits canaux & à leurs dépendances, à quelque
prix que puissent monter les sommes énoncées
auxdits actes, et ce à compter d'aujourd'hui, et
continué encore pendant trente autres années
suivantes, à compter du jour où la navigation
sera libre, dans toute l'étendue desdits canaux.

ART. XV. Et, vu les sommes considérables
qu'exigera l'exécution de ladite entreprise, autorisons ledit Sr. Brulé à former une compagnie
pour la construction desdits canaux et de leurs
dépendances, soit par association et cession d'intérêts, soit en la divisant par actions, sous telles clauses et conditions qu'il avisera bon être ;
lui permettons pareillement d'emprunter, si besoin est, soit des régnicoles ou des étrangers, les
sommes nécessaires pour l'entiere exécution de
son projet, soit à titre de rentes perpétuelles ou
viageres, soit en stipulant le remboursement dans
des termes fixes, sous l'hypothéque spéciale,

même par forme de privilege sur le fonds et très-fonds desdits canaux, terreins et bâtimens en dépendans, et du produit d'iceux ; renonçant en faveur dudit emprunt, à tous droits d'aubaine, déshérence et autres droits à nous appartenans.

Si donnons en mandement à nos très-amés et féaux Conseillers les gens tenant notre cour de Parlement à Paris, que les présentes ils aient à faire registrer, même en temps de vacations, et du contenu d'icelles faire jouir et user ledit Sr. Brulé et ses ayans-cause pleinement et paisible-ment, cessant, et faisant cesser tous troubles et empêchemens à ce contraires : CAR TEL EST NOTRE PLAISIR. Donné à

le   jour du mois de   l'an de grace
et de notre regne le

DISTRICT DE S. GERVAIS.

MOYEN

D'occuper 30000 ouvriers et d'accélérer considérablement la circulation du Commerce, par l'exécution du Canal Royal de Paris, adopté par le District de Saint-Gervais, avec invitation aux cinquante-neuf autres Disricts de se réunir à lui pour obtenir l'approbation de l'Assemblée Nationale.

L'ASSEMBLÉE générale du district de Saint-Gervais ayant pris en considération le mémoire qui lui a été présenté par un citoyen de ce district, au nom de M. Brulé, a nommé pour Commissaires, par délibération du 30 décembre 1789, MM. Soreau, président; Dumay, architecte; Thomas, ingénieur; Cholet de Jetphart, avocat; Petit de la Motte, avocat; Villetere fils, architecte; Dumont, architecte; et Mallet fils, ingénieur, à l'effet de se transporter chez M. Brulé, pour examiner les plans de l'entreprise proposée dansson mémoire, et en rendre compte à l'Assemblée.

Les Commissaires, après plusieurs conféren-
ces avec M. Brulé, qui leur a communiqué tous
ses dessins, tous ses plans et devis, toutes ses
idées, ont cru, pour mettre de l'ordre dans leur
travail et faciliter le jugement à porter par l'Assemblée, devoir diviser ce travail en quatre objets.

Le premier, en quoi consistent les plans de
M. Brulé? Le second, quelle est la possibilité de
l'exécution des plans de M. Brulé? Le troisieme,
quels avantages pourront résulter de l'exécution de
ces plans? Et enfin le quatrieme, quelles pourront
être, dans cette entreprise, la dépense et la recette?

Avant d'entrer dans la discussion de ces objets, les commissaires observent que le résultat
de cette discussion leur a démontré, dans l'exécution des plans de M. Brulé, ce que l'on pouvoit imaginer de plus avantageux pour les circonstances où se trouve maintenant la Capitale et les
environs, pour ce moment où des milliers de
malheureux et honnêtes ouvriers meurent de
faim faute d'ouvrage, ou bien sont réduits à l'af-
freuse nécessité d'attendre les secours tardifs et
insuffisans d'une bienfaisance épuisée.

I. En quoi consistent les plans de M. Brulé?
Son dessein est de construire de Paris à Meaux,
à Conflans - Sainte - Honorine, à Dieppe et à
Rouen, dans une partie du Parisis et du Mul-

tien, et dans les bailliages de Gisors, de Caux et de Rouen, différentes branches de canaux navigables, qui, toutes réunies, présentent une longueur de 196000 toises ou 98 lieues, à raison de 2000 toises par lieue.

M. Brulé commence sa premiere branche de canal à la riviere de Marne, au-dessus de Meaux et au-dessous de Lizy, presque immédiatement après la jonction de la riviere d'Ourques à la Marne : il fait passer cette premiere branche auprès de Meaux, delà à Claye, puis à la Villette, et la termine dans la Seine, au-dessus de l'arsenal, vis-à-vis le jardin du Roi.

Cette premiere branche a 28000 toises de longueur, et pour la démonstration du total des toisess des canaux, elle sera tirée hors ligne, ci . . . . 28000 toises

La deuxieme branche prend à la Villette, passe à S. Denis, traverse la vallée de Monmorency jusqu'à Pierrelay et se jette dans la Seine à Conflans-Sainte-Honorine, elle a   16000

La troisieme branche prend à Pierrelay et se jette au-dessus de Mereil dans l'Oyse, elle a . . .   8000

                             52000

                                La

Ci-contre . . . . 52000 toises.

La quatrieme branche prend au-dessus de Mereil dans l'Oyse, se forme avec les eaux des petites rivieres du Sausseron et du Troesne, et se jette dans la riviere d'Epte à Gisors, elle a . .   24000

La cinquieme branche prend à Gisors dans l'Epte, passe à Gournay et à Gaillefontaine, s'entretient des eaux de la petite riviere de Béthune, passe à Neufchâtel, se jette à Arques dans la petite riviere du même nom, et de-là à Dieppe dans la mer ; cette branche a   51000

La sixieme prend à Gisors, suit la riviere d'Epte, et se jette dans la Seine, vis-à-vis la Roche-Guyon, au-dessus de Vernon; elle a   18000

La septieme branche prend dans le canal de Dieppe, au droit de Forges, se rend dans la riviere d'Andelle et se jette dans

―――――――――

145000

E

De l'autre part . . . . 145000 toises.
la Seine au-dessus du Pont-de-
l'Arche: elle a 21000

La huitieme et derniere branche prend également dans le canal de Dieppe, près Gournay,
se rend dans la riviere du The-
rain et se jette dans l'Oyse, au-
dessous de Creil; elle a 30000

      T O T A L . . . . 196000 toises.

Pour exécuter ces 98 lieues de canaux, M.
Brulé emploie seulement deux écluses d'eau;
l'une à la Villette, où se trouve le point de division des trois branches en-deçà de l'Oyse,
et l'autre à Conflans-Sainte-Honorine: il emploie une écluse seche à Gaillefontaine, dans
le bailliage de Caux, au-dessus de Neufchâtel.

L'écluse de Conflans-Sainte-Honorine, qui a
soixante pieds de haut, est de l'invention de
M. Brulé: elle est très-ingénieuse; et dans son
exécution en petit, elle a convaincu les Commissaires de toute l'expérience et de toutes les
lumieres que M. Brulé a acquises dans la mécanique et dans la physique

L'écluse seche de Gaillefontaine est aussi de
l'invention de M. Brulé, et lui fait honneur.

M. Brulé embellit ses canaux de trois monu-
mens: savoir, une place circulaire à Paris, entre
l'ancienne porte S. Antoine et l'entrée du fauxbourg, au milieu de laquelle seroit un vaste bassin fermé par le canal; un port à l'embouchure
dans la Seine, et un nouveau port à Dieppe à
l'embouchure du canal dans la mer.

M. Brulé propose un dernier plan, mais étranger à ses canaux: il établit sur le terrein de la
Bastille, de l'Arsenal et des Célestins, un palais
pour l'Assemblée Nationale, un édifice pour le
trésor national, et en même temps tous les bâtimens nécessaires pour le logement des Députés et pour placer les Bureaux.

II. Quelle est la possibilité de l'exécution de
ce vaste plan?

1°. M. Riquet, à qui la France doit le canal
du Languedoc, avoit commencé, sous le ministere de Colbert, le canal de l'Ourques ou de Lisy. Il reste encore des vestiges de ses travaux;
et la mort seule de Colbert en a arrêté l'exécution.

2°. MM. Perronnet, Borda, le Bossut, de
Condorcet et Lavoisier, tous Membres de l'A-
cadémie des Sciences, ont nivellé avec le plus
grand soin, ce même canal de Paris, et le procès-verbal qu'ils ont dressé, atteste la possibilité

de l'exécution. Le certificat de l'Académie a été donné après avoir fait sur les lieux la vérification des parties les plus essentielles, et avoir reconnu que le surplus étoit de facile exécution.

3°. Il est prouvé qu'il existe à la prise d'eau dans la Marne, au-dessous de Lisy, une pente de 86 pieds au-dessus du niveau de la Seine. M. Brulé prend 26 pieds pour la pente de son canal, qui n'a pas tout-à-fait à la Villette une longueur de 28000 toises, ou quatorze lieues: or, personne n'ignore que la pente de la riviere de Seine n'est qu'un pied par lieue; M. Brulé a donc pour le succès de son canal une pente beaucoup plus que suffisante.

4°. A l'égard de l'eau, la Marne est large et très-forte à l'ouverture du canal. Elle a dans cet endroit plus de 60000 pouces d'eau dans les basses eaux, M. Brulé assure que, d'après ses calculs, il lui suffira de prendre six lignes d'eau de superficie dans la Marne, pour alimenter son canal dans tous les temps, sans affoiblir la navigation de la Marne.

5°. Pour ce qui concerne les quatre branches de canaux au-delà de l'Oyse, les quatre rivieres destinées à les former, existent. Il ne s'agit que d'en creuser le lit, de le niveller, d'en retenir les eaux, de les rendre navigables. La facilité de créer ces quatre branches de canaux est tellement démontrée, que dans ce moment le Gouvernement a déja fait creuser le canal de plusieurs lieues du côté de Dieppe. La seule difficulté que l'on pourroit opposer viendroit de la montagne de Gaillefontaine : mais il y a trois moyens d'applanir cette difficulté ; d'abord, l'écluse seche de M. Brulé ; ensuite le moyen de couper la montagne pour faire joindre les deux rivieres ; ou enfin on pourroit faire circuler le canal autour de la montagne.

III. Quels peuvent être les avantages du plan de M. Brulé ?

1°. La navigation sera assurée et accélérée dans tous les temps, de Paris à Meaux, à Lisy, à Rouen et à Dieppe.

On pourra, dans un jour, arriver par le canal de Lisy à Paris, et de Paris à Lisy, au-lieu que, dans l'état des choses, il faut six jours à un bateau marchand pour venir de Lisy à Paris, et dix jours pour remonter de Paris à Lisy.

Dans six heures on arrivera, en tout temps, de Conflans à Paris, au-lieu que par la Seine on emploie six à sept jours pour faire ce trajet : encore la Seine n'est-elle pas toujours navigable.

Deux jours suffiront pour arriver de Conflans-Sainte-Honorine à Rouen, au-lieu qu'il en faut trente par la Seine et la Marne.

En moins de quatre jours on ira de Dieppe à Paris et de Paris à Dieppe.

2°. Il résultera de ces travaux l'avantage inappréciable d'occuper tous les malheureux désœuvrés; il en résultera de l'occupation même pour les enfans et les femmes.

4°. Il sera formé des garres et des ports pour préserver les bateaux de tous les dangers: il sera également établi des magasins en état de mettre en sûreté les marchandises destinées à l'approvisionnement de la Capitale.

4°. Le point de division des eaux du canal de Lisy et de Conflans, sera établi entre la Villette et la Chapelle, à 60 pieds au-dessus du niveau de la Seine. Ce réservoir sera vaste; et, sans le secours d'aucune machine, il fournira perpétuellement un volume d'eau jugée très-salubre et assez abondante pour alimenter les fontaines de Paris, pour nettoyer les ponts et la majeure partie des rues; enfin, pour rendre inutiles les pompes de la Samaritaine et du pont de Notre-Dame, qui sont nuisibles à la navigation, et coûteuses à l'Etat.

5°. M. Brulé construira ses canaux de maniere que, sans nuire à la navigation, il établira, depuis Claye jusqu'à la Villette, et de la Villette jusqu'à Conflans, plus de cent moulins qui ne chommeront que dans les plus fortes gelées.

6°. Ces différentes branches de canaux ouvriront des moyens nouveaux pour faciliter le transport économique des matériaux de toute espece, nécessaires à la Capitale, et pour suppléer à l'épuisement des Carrieres qui avoisinent Paris.

7°. Ces mêmes canaux ne nuiront point à la liberté actuelle des rivieres; tout citoyen sera libre d'en user à son gré : ils ne seront qu'une nouvelle ressource pour le commerce et le particulier.

8°. M. Brulé donne à ses canaux une largeur suffisante pour que tous les bateaux ordinaires de Seine et de Marne puissent y naviguer sans que l'on soit obligé de charger et décharger.

IV. Quelle pourra être la dépense de M. Brulé, et sur quelle recette peut-il raisonnablement compter?

M. Brulé qui, depuis quarante ans, est accoutumé à entreprendre et à surveiller des constructions et ouvrages de tout genre, a fait tous ses calculs estimatifs à cet égard; il y a compris, par évaluation, le prix des terres à acheter, les frais de main-d'œuvre, &c.; et pour ses huit branches de canaux, il estime que la dépense peut être portée à 20,000,000, et il observe que dans les canaux de petite navigation, son procédé de faire les canaux, lui donne la facilité de

construire la lieue de canal pour 30000 liv, au-
lieu que dans la maniere usitée de construire les
canaux, la lieue revenoit à 120,000 liv. Il observe qu'il n'emploie, dans toute la longueur de
ses canaux, que trois écluses, de Lisy à Conflans; celle de Conflans, qui aura soixante pieds
de hauteur, tiendra lieu de huit écluses ordinaires, qui coûteroient 1,600,000 liv., et elle ne
coûtera au plus que 600,000 liv.

Cette écluse, absolument neuve et admirable
dans son dessein et dans sa mécanique, présente
encore un avantage de construction inappréciable: au-lieu de lâcher, comme les autres écluses, son eau en pure perte, elle ne perd du volume qu'elle emploie qu'un dixieme deux tiers
d'eau.

Enfin, M. Brulé observe que, tant pour ménager les frais de construction du lit de ses canaux, que pour ménager le volume de son eau
et en prévenir l'évaporation, il a imaginé de ne
donner à ses canaux que la largeur convenable
pour que les bateaux de Marne et de Seine ne
naviguent qu'à la suite les uns des autres. De
500 toises en 500 toises, il propose de construire des anses dans lesquelles les bareaux pourront garrer en attendant le passage des bateaux
entrés les premiers dans le canal: les anses se-

ront assez multipliées pour que le commerce n'é-
prouve pas de retard.

V. Sur quelle recette M. Brulé pourra-t-il compter, lorsque tous ses canaux seront navigables?

Sur ce point le plus important, sans doute,
du plan, M. Brulé a fait des calculs de toute espece; il est entré dans les détails; il a vérifié ce
qui arrive annuellement à Paris, par eau, du Ha-
vre, de Rouen et des environs; il a pris les plus
exacts renseignemens sur les différentes manufactures établies, tant à Beauvais et les environs,
que dans les bailliages de Gisors, de Rouen et
de Caux; il s'est informé de tout ce qui est trans-
porté par terre de ces manufactures à Paris et
dans les villes et villages, soit du Parisis, soit
du Vexin ou de la Normandie; il a recueilli les
éclaircissemens les plus positifs sur le transport
qui pouvoit être fait du poisson, par ses canaux
de Dieppe à Paris, et dans tous les endroits qui
les avoisinent. On l'a assuré qu'il pouvoit compter, pour le transport annuel du poisson, plus
de 300,000 liv.; qu'il épargneroit à la province
de Normandie et au royaume, environ six cents
chevaux que le commerce des chasse-marées fait
périr annuellement.

D'après toutes ces considérations, M. Brulé
est fondé à évaluer modérément le produit de ces

huit branches de canaux à 1,400,000 liv.; ce qui balance bien avantageusement la dépense.

Indépendamment de ce produit, M. Brulé observe que ses canaux, sur-tout ceux des bailliages de Gisors, de Caen et de Caux, et celui de l'Election de Beauvais, vont donner une nouvelle vie à plus de vingt lieues quarrées d'un pays excellent, capable de tout produire, qui est dans une inertie absolue faute de débouchés.

M. Brulé ajoute que le commerce va, dans tous ces cantons, reprendre une vigueur nouvelle, et qu'il en résultera, pour Paris et pour les provinces qui les environnent, des bénéfices inexprimables.

Il reste un point très-important à envisager; ce sont les fonds de l'entreprise. A cet égard, M. Brulé ne demande qu'une autorisation légale, pour fournir, par des capitalistes qui n'attendent qu'un Décret sanctionné, tous les frais de cette entreprise: au surplus, M. Brulé offre à la Nation de veiller pour elle et à son profit à l'exécution de ses plans.

Après avoir procédé à la discussion des quatre principaux objets de l'exécution des plans de M. Brulé, les Commissaires honorés par l'Assemblée générale du soin et du travail de cette discussion, ont cru qu'il étoit de leur devoir, pour ne rien laisser à desirer dans l'examen du vaste plan de M. Brulé, de lui faire plusieurs questions, de la solution desquelles dépendroit enfin, pour tous les citoyens, la conviction de la possibilité et utilité des travaux proposés par M. Brulé. Ils ont donc procédé à ces questions, et M. Brulé y a répondu de la maniere qui suit.

Demande.	*Réponse.*
Si M. Brulé fournit les fonds de l'entreprise, ne faudra-t-il pas lui accorder un privilege exclusif, dans le moment où tous les privileges exclusifs sont reconnus odieux?	M. Brulé ne demande point de privilege exclusif, et les Députés du commerce ont fixé, par ordre du Conseil, le prix au tarif du passage des marchandises sur les canaux qu'il propose. La dépense sera inférieure à celle de la navigation actuelle de plus d'un tiers. Il fera connoître ce tarif, qui d'ailleurs doit être arrêté par l'Assemblée Nationale.
D. En combien de temps cette entreprise seroit-elle achevée?	*R.* Quatre ans sont plus que suffisans pour achever cette entreprise; elle

peut l'être en moins de temps en employant un plus grand nombre d'ouvriers ; et d'ailleurs, comme elle comprend huit branches de canaux, plusieurs de ces branches peuvent être navigables, et par conséquent finies, et en activité avant que la totalité soit terminée.

D. N'est-il pas utile que M. Brulé s'associe quelqu'un en état de continuer cette grande opération, en cas qu'il vienne à mourir ?

R. Cela est fait.

D. Combien y aura-t-il d'ouvriers employés à ces travaux ?

R. Plus de 30000.

D. Si un nombre considérable d'ouvriers répandus tout-à-coup autour de la Capitale, ne nuiront pas beaucoup à

R. M. Brulé a un plan de cantonnement partiel et local, au moyen duquel il assurera la subsistance de ses ouvriers, la circulation des denrées de premiere nécessité pour cette Capitale? Si leur séjour ne nuira pas aux endroits voisins de leurs atteliers?

sans nuire ni à la Capitale, ni aux endroits voisins des atteliers; de la tranquillité, de l'honnêteté des ouvriers, de leur subordination; et d'ailleurs ils ne seront jamais réunis en un nombre assez considérable pour inquiéter ni tourmenter les habitans d'aucun endroit.

D. Si les ouvriers envoyés de Paris, auront la préférence pour être employés dans ces travaux, et au cas qu'ils l'eussent, si les villes et villages qui ont aussi leurs malheureux désœuvrés, ne seront pas en droit de s'opposer à cette préférence?

R. Comme ces travaux s'étendent sur une longueur considérable de terrein, les ouvriers du pays, soit ceux de Paris, soit ceux de campagne, auront toujours lieu d'être employés près de leurs demeures, et les étrangers seront toujours placés dans les endroits les plus éloignés, afin de ne point altérer les ressources de ceux du pays.

De l'examen des Commissaires, des réponses de M. Brulé, il résulte donc que l'entreprise de M. Brulé est grande, vaste, démontrée possible et infiniment utile à la classe la plus indigente des citoyens. Indépendamment de tout l'honneur dont elle peut couvrir l'esprit public François, que la liberté rend capable de concevoir et d'exécuter les plus vastes projets ; elle concourt puissamment à aggrandir, s'il est possible, cet esprit public, à consolider cette chere liberté que nos ennemis voudroient nous ravir : elle nous offre les sûrs moyens de donner au moins du pain à nos malheureux freres, dont les courageux efforts réunis ont autant, et plus que nous peut-être, écrasé l'hydre despotique qui nous mangeoit en nous méprisant.

Estiment les Commissaires que M. Brulé, dont la fortune d'ailleurs ne lui laisse d'autre besoin que celui de la gloire, mérite les plus grands éloges ; que l'Assemblée générale peut adopter son plan, le faire présenter à nos freres des cinquante-neuf autres Districts, afin de les prier de vouloir bien l'examiner, pour, et d'après leur adhésion à l'Arrêté du District de S. Gervais, supplier l'Assemblée Nationale de prendre en considération la demande de M. Brulé, et lui donner toute autorisation nécessaire.

Et les Commissaires ont signé, en observant que, dans le cas où la totalité de l'entreprise ne pourroit pas avoir son exécution pour le moment, il seroit convenable de s'occuper au moins des branches du canal de Paris à Lisy, et de Paris à Conflans-Sainte-Honorine, qui sont les plus essentielles pour la Capitale, et qui peuvent procurer du travail à la classe indigente de nos freres. Ce 29 janvier 1790. SOREAU, *Président*; DUMAY, PETIT DE LA MOTTE, CHELET DE JETPHORT, THOMAS, VILLETARE.

L'Assemblée générale du District de S. Gervais, ouï le rapport de MM. les Commissaires chargés de l'examen du plan et du projet de M. Brulé, pour procurer du travail aux ouvriers, et de nouveaux débouchés au commerce par l'ouverture de plusieurs branches de canaux, approuve ce projet, et engage tous les autres Districts à joindre leur vœu au sien pour supplier l'Assemblée Nationale d'autoriser M. Brulé à commencer le plutôt possible des travaux si propres à alimenter des malheureux, et à donner une nouvelle vie au commerce. C'est pourquoi l'Assemblée arrête que le présent Rapport et l'Arrêté seront imprimés, envoyés aux cinquante-neuf autres Districts, et par les Commissaires ci-dessus nommés, à MM. les Représentans de la Commune, et à l'Assemblée Nationale.

Certifié conforme à l'original, ce 30 janvier 1790.
SOREAU, *Président;* GUIBOURG, *Secrétaire.*

RÉSUMÉ GÉNÉRAL.

Je pense avoir démontré que le projet du Sr.
Brulé, pour le canal de Paris à St.-Denis, est
absolument contraire aux vrais intérêts de la ville
de Paris; qu'il ne la soulageroit en rien quant
aux inondations et aux débacles des glaces; qu'il
nuiroit à sa navigation, au-lieu de la favoriser.

Je crois avoir suffisamment dit que je ne m'oppose point à ce qu'il exécute mon projet jugé préférable par le public même; que j'espere cependant que, si la Commune lui en donne la préférence, elle trouvera juste qu'il m'indemnise, et
qu'elle-même voudra bien fixer cette indemnité;

Que, si elle pense digne d'elle de conserver
ma propriété de ce canal, et de m'en confier l'exécution, je suis prêt à l'entreprendre, et à présenter une compagnie solide.

J'ai fait aussi connoître suffisamment ma maniere de penser. Tout ce que je tenterai de moyen
près de la Commune, pour me la rendre favorable, c'est le présent mémoire: des sollicitations
l'offenseroient sans doute, et ne vont point à mon
caractere. Pénétré de respect pour elle, j'atten-
drai sa décision avec soumission.

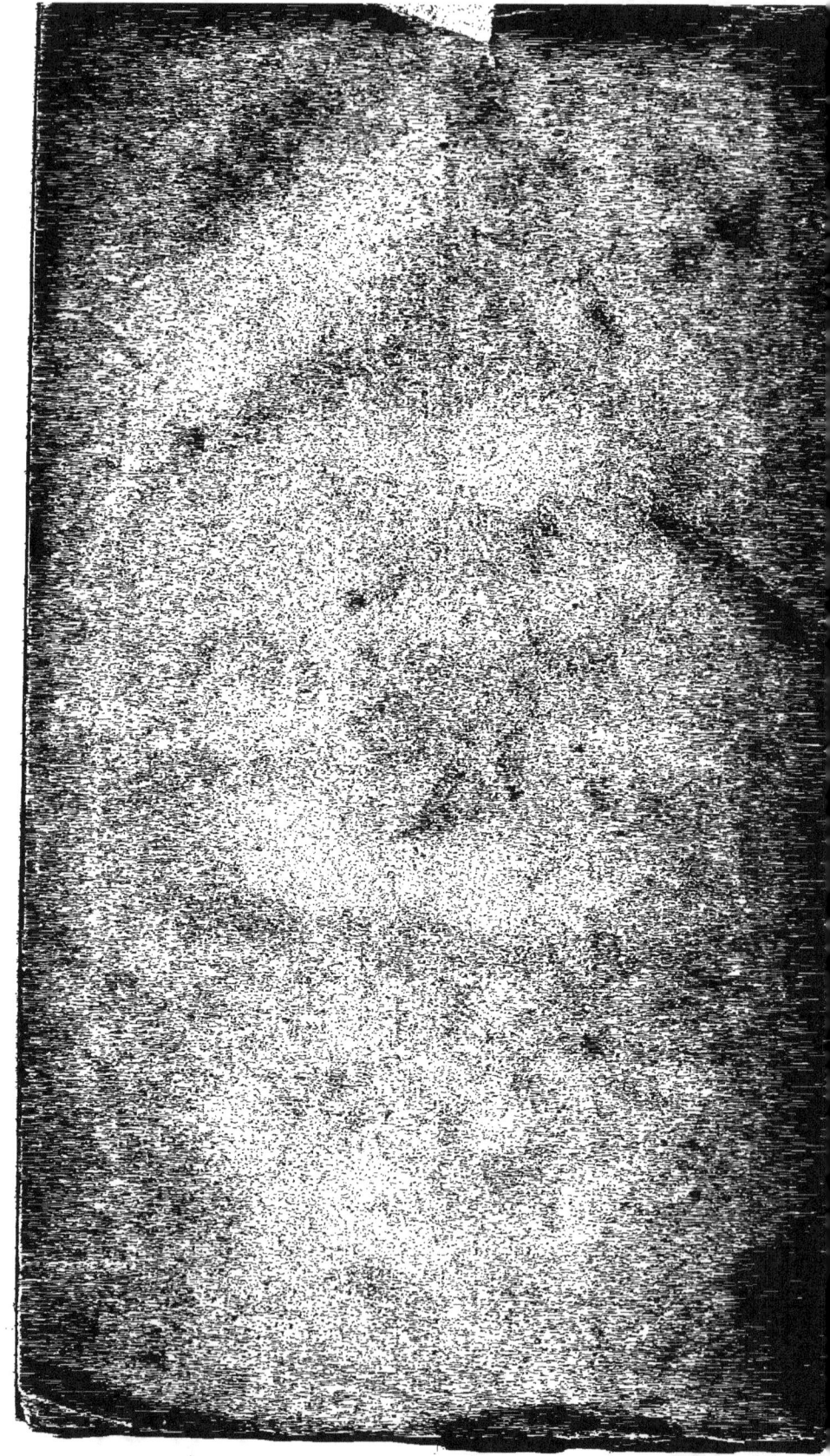